批评生理学

〔法〕阿尔贝·蒂博代 著
赵 坚 译
郭宏安 校

涵芬书坊
020

商务印书馆
2015年·北京

Albert Thibaudet

PHYSIOLOGIE DE LA CRITIQUE

根据 Librairie Nizet 1971版译出

涵芬楼文化 出品

读《批评生理学》
——代译本序

郭宏安

问：您对当代批评有何总的评价？

答：看来蒂博代对批评形态的界定还没有过时。他首先看到的是即时的批评，即报刊文学记者的批评；其次是职业的批评，即大学教授的批评；最后是大师的批评，即公认的作家的批评，他举出了雨果的《莎士比亚论》……今日的大问题是即时的批评不堪重负，因为批评家的收入常常是很菲薄的。……而纯学院的批评又保持距离。也许两者之间的余地倒有可图，即教授或作家肯冒某种风险撰写随笔，形成一种自由的批评。

这一问一答见于法国《文学杂志》1983年2月号上刊载的一篇访问记中。被访问的是享有广泛的国际声誉的瑞士文学批评家让·斯塔罗宾斯基教授，他的回答中的最后一句话意在提倡一种新的批评形态。这很有意思，极富启发性，不过，在探讨这种新的批评形态之前，考察一下已经存在的批评形态也许更有意思。斯塔罗宾斯基所说的蒂博代对批评形态的"界定"出在一本题为《批评生理学》的小书中。

1922年，法国著名的文学批评家阿尔贝·蒂博代（1874-1936年）做过六次有关文学批评的讲演；八年之后，蒂博代重读这些已经陆续刊出的讲演，他发现自己的思想没有"明显的变化"，于是就按原来的样子结集成书，是为《批评生理学》。

初看之下，这书的名字颇有些怪异，殊不可解。一查字典，方知自己竟是"少见多怪"了。法国《罗贝尔小词典》在"生理学"条下有这样的解释："研究生物的器官和组织的功能与特性之科学。科学家克洛德·贝尔纳将其定义为：生理学的目标是研究生物现象并确定其得以表现之物质条件。在文学史上，生理学又指流行于19世纪初的那种以客观的方式描述某种人类现实的著作。"原来如此！我于是恍然大悟，并且想起了巴尔扎克曾经写过一本书，题目就叫作《婚姻生理学》，而且显然与消化排泄之类没有什么瓜葛。我们由此可知，蒂博代的这本《批评生理学》乃是一部以客观的方式对文学批评进行观察和描述的著作。果然，它的目录上清清楚楚地排列着以下六项：自发的批评；职业的批评；大师的批评；判断和趣味；批评中的建设；批评中的创造。前三项是形态，后三项是功能，真真是一种"生理学"。读过这本书的引言之后，我们更加清楚，蒂博代使用"生理学"一词，似乎已经意识到读者可能会对此感到疑惑，故觉得有必要提出来解释一番，原来他的用意是将此书作为一部法国文学批评史的某种导论。看起来，"生理学"一词的这种用法是过于陈旧了，不过其内涵还颇有生命力，用斯塔罗宾斯基的话来说，是"还没有过时"。斯氏乃当今西方文学批评界的大家，是目前仍很活跃的"日内瓦学派"的代表人物之一。他说一本半个世纪以前的理论批评著作"还没有过时"，这在思潮迭起、流派纷呈的20世纪，应该说是一个很高的评价。

那么，蒂博代对批评形态的界定究竟是什么呢？现在，我们就在蒂博代先生的引导下，去批评共和国走一走。请注意，我这里说的是"共和国"，而不是"王国"。人们习惯上喜欢说"王国"，什么"诗的王国"呀，什么"文学王国"呀，什么"理论王国"呀，等等，这一切也许在历史上存在过，我们现在要去的是一个"共和国"。出发前，蒂博代先生告诫我们，这三种批评（自发的批评、职业的批评和大师的批评）都有各自的"地域"、"气候"、"物产"和"居民"。它们一直为居住权争吵不休，甚至还明里暗里怀有吞并对方的野心。不过，蒂博代先生认为，这种争吵是生命和健康的标志，一旦它们停止了争吵，三分天下归于一统，批评就要遭到灭顶之灾，整个文学共和国就要崩溃了。他指出，三种批评应被看作不同的取向，而非固定的框框，是三种生动活跃的倾向，而非三个彼此隔绝的房间。因此，我们到了它们那里，一定要用"和解的口吻"说话。

我们的第一站是"自发的批评"。蒂博代先生告诉我们，所谓"自发的批评"是一种读者的批评。当然这读者并非任何一位读书的人，而是一些有文化修养、但是"述而不作"的人。他们有趣味，有鉴赏力，读书只求获得精神上的满足和快乐，而自己并不执笔写作。他们若是发议论品评他人的作品，也只不过是要把自己的感受说与同好。伏尔泰称他们为最幸福的人，因为他们摆脱了作家这种职业有时可能带来的烦恼，也不必为"同行是冤家"之类的争吵或嫉妒伤神。他们评判别人的作品，自己则免遭别人的评判，尽管评判是他们最少使用的武器。他们读了书就要议论，然而并不形诸笔墨，因此，这种批评常常是一种口头批评。圣伯夫说："巴黎真正的批评是在谈话中进行的……"而所谓谈话，自然是出入沙龙的文人雅士之间的谈话，不会是村夫野老之间的闲聊，所以，蒂博代又把这种批评称为"绅士的批评"。绅士们在贵妇的沙龙里谈文学，恐怕主要是谈时人及时人的作品，通常是不大会发思古之幽情、任意臧否古人的，因此，这种口头批评与当代作家及其作品有着最经常、最直接的联系。它需要的不是学者日积月累的卡片，而是机智、敏感、生动迅速的反应。比诸学者缜密然而笨重的思考，它更倾向于有血有肉、有声有色的体味。同时，口头批评是说给那些为了乐趣而读书的人们听的，即便是沙龙女主人，也绝不会是那种咬文嚼字的女才子，因此，批评者无须用深奥难解的术语壮胆，简明易懂是其基本的要求，如能生动细腻，就是更上一层楼了，倘若再加上幽默，则无异于锦上添花。这种批评不需要引经据典，也不需要面面俱到，更不需要板起面孔揭出几条不饶人的规律。然而，这并不意味着口头批评比别种批评更容易进行。实际上，"有些人常常是出于一种全然否定的原因，由于缺欠，不能适应和缺乏灵活，才转向研究和欣赏古代文学的"。因此，蒂博代认为："自发的批评的功能是在书的周围保持着经由谈话而形成、积淀、消失、延续的那种现代的潮流、清新、气息和氛围。"

这样的功能看起来似乎很平常，殊不知真正地、全面地实现也不容易。其难有三。一、就文学批评而言，即便是口头批评，说也毕竟是第二位的，因为它必须在读之后，读然后才能说。然而事实上却不尽然，人们并非总是读过之后才说。蒂博代指出："有人和读过那些书的人谈话，自己虽然不曾读过，却也能跟在后面谈论一番。"圣伯夫也早就说过，许多人装作读过某本书，"他们揣测、倾听、选择，根据在谈话中听到的东西变换方向。他们提出自己的看法，最后竟真的有了一种看法"。可见这种不读而论的现象古已有之，岂但古已有之，而且中外皆然！近来不是就有文章指出有些搞当代文学评论的人很少读作品却也能写洋洋洒洒的文章，并对此表示深重的忧虑吗？有些外国文学研究者不读原著，而是根据译本大谈语言的特色，这不也等于不读而论吗？至于只靠着外国人的评论来写评论，就更是等而下之了，倘若还把它当作"治学"的捷径，秘不授人，那就几近于欺世了。蒂博代指出的这种不读书而妄发议论的现象，是口头批评的最大危险，它使口头批评更难避免判断的错误，更难达到深刻的程度。二、口头批评难以避免小团体性的浸染。沙龙里的批评，小圈子里的批评，极易走上党同伐异的道路，尤其易于受到那种媚俗的套话的诱惑，因为套话最易博得已经熟悉的读者的青睐，又最不费气力。读者群的存在可以被批评家引为幸事，但是，读者群一经形成，就同时形成了一种习惯，而习惯是一道斜坡，立足不稳的批评家难免从斜坡上滑下去。三、口头批评的自然倾向是赶时髦，而"时髦"，正如法国当代作家让-路易·居尔蒂斯所说，"是一种老得最快的东西"。一时的风尚不能保证作品的长久的价值,这常常使口头批评做出一些令后人瞠目的褒贬。当然,口头批评的命运就是短暂,但难的是有自知之明,敢于用短命的议论去抵抗同样是短命的浪头。此三难,就是口头批评的三大"危险"。

倘使口头批评只是说说而已,倒也无伤大雅,任其信口雌黄可也,然而事实上并非如此。其一,许多作家的声誉首先是由沙龙中的贵妇造成的,至少在18世纪和19世纪的法国是这样,例如卢梭和夏多布里昂;其二,所谓口头批评只是一种理论上的存在,其为世人所知,必以某种形式的文字为载体,例如书信、日记、回忆录等,蒂博代举出了《龚古尔兄弟日记》、蒙田的《随笔集》和德·塞维尼夫人的书信。口头批评一旦形成文字,就突破了沙龙的局限而逐渐变成一种具有相对稳定的特点的批评形式,其最重要的发展是19世纪和20世纪初极为昌盛的报刊批评。这是一种由文学记者进行的批评,其对象是近时出版的新书和重新出版的名著。报刊上当然也有对古代作品的研究论文,但此种文章多出自教授学者之手,庄重有余而活泼不足,有老气横秋之态,而无新鲜生动之姿,蒂博代将其置于"自发的批评"的"地域"之外。文学记者的批评也是一种职业,并非任何一位记者都能胜任,而教授学者们则更少成功的机会。蒂博代指出,此种报刊批评只求满足人们当时的需要,并没有藏之名山的奢望,一篇文章可能月或数日之后便被人遗忘,但这并非浪费笔墨,倘若有人不以为然,那是因为他们"犯了混淆古今的错误"。什么是文学的古与今?蒂博代说:"文学的过去,是流传下来的若干本书。而文学的现在,是许多本书,是书之河，流动不止。要有过去，必须有现在。"因此，批评家必须关心和评论当代人的作品，哪怕其中多有平庸之作，更何况某一本书今日被视为平庸，未必不被后人视为杰出，当年"批评之王"儒勒·雅南贬低巴尔扎克的小说即为著例。再说，平庸之作充斥书籍市场，在20世纪是一种国际现象，不足为怪。当此写作的人愈来愈多的时代，哪一个国家的文坛也不敢立下消灭平庸的宏愿，为了不使平庸之作窃居杰作的地位，批评倒是可以一展宏图。因为自发的批评面对大量当代作品不能不有所选择，虽然它并不担负筛选的任务。但显然也不能认为它所评论的作品就是杰作，也不能先认定某本书是杰作方才予以评论。平庸并不可怕，可怕的是批评跟着平庸。19世纪的著名批评家弗朗西斯科·萨尔塞说："我们是批评的巴汝奇之羊[①]；公众跳下海，我们跟着跳下海；我们比公众优越的是知道为什么它要跳下海，并且告诉它。"倘若批评既能"知道"，又能"告诉"，那它就已经摆脱了平庸。

蒂博代强调，文学不能归结为若干部杰作。他说："如果不是有成千上万很快就将湮没无闻的作家维持着一种文学生活的话，那就根本不会有文学，也就是说，不会有大作家。"此论真是既宽容又通达，也极公平。现今通行的文学史往往是杰作编年史和十大作家年谱，虽然为我们建立了一代代作家的谱系，为我们编排出一部部经过淘汰的作品的光辉序列，并且从中寻出了某种贯通无碍的

[①] 典出拉伯雷《巨人传》。巴汝奇从羊商手中买得一羊，又将羊抛入大海，羊商的羊也跟着跳入大海。

线索甚至"规律"，但是我不相信这就是一个时代的文学的真实面貌。以往那些在报刊上写作的著名批评家（即所谓文学专栏作家）写过巨量的文章（其频率是每人每周一篇，往往持续多年），其中绝大多数已引不起今日的读者的兴趣了，不过，这也在那些专栏作家的意料之中，今日读者的兴趣并不关心他们的痛痒，因为这些文章原本就不是为后人写的。但是，倘若后人真的想了解那个时代的文学的真实情况，也许只有这些专栏作家能够提供一些可靠的画面或者对那种杰作史提供必要的补充。蒂博代此论给了普通作家以写作的权利，并且对他们的并非永垂青史的劳动给予了公正的评价。作品能否传世，常常成为许多作家的一块心病，甚至有些批评家也在构想着"传世之作"，蒂博代的话无疑是一剂良药，至少可以使他们清醒，意识到自己的可笑，抛却无谓的烦恼。假使我们的作家和批评家都下定决心，抱着非传世之作不写的宗旨，那么，传世之作未必会有，而文学这共和国却必将成为一片荒漠。当然，这并非说应该粗制滥造，无须精益求精。文学的历史和现状告诉我们，"水至清则无鱼"，粗制滥造是一种可避而不可免的现象，最好的办法是批评的沉默，令其自生自灭。

评论的对象不同，所选的目标不同，采取的态度也就不同。蒂博代指出："在自发的批评中，在记者的，甚至是逐日的批评中，袭用经典批评的精神是不对的。经典的批评涉及的是一个过去了的文学世界，其中筛选已然进行。逐日的批评针对一个现存的世界，其中筛选尚未进行。它的功能在于感觉、理解、帮助形成现在，而不是立刻进行筛选，也不是取用过去的视角。筛选会自己进行的。"对于自发的批评来说，这里提出的"感觉、理解、帮助形成现在"至关重要。一位这样的批评家应该满腔热情地拥抱当代的作品，努力与作者建立起心灵的通路，而不是用先在的标准去衡量短长，曰某是，曰某非，俨然手中握有通往后世的通行证。现在有些性急的批评家热衷于裁判是非、评定优劣，恨不得天下的作家都像他希望的那样子写作。这是完全与自发的批评的功能不相容的。但是，在任何一种批评中，完全地排除价值的判断实际上是不可能的，自发的批评当然也不例外。因此，政治的、宗教的、美学的观点不同，常常使批评家发出不同的，甚至对立的声音。蒂博代认为，不同的声音要比单一的声音好，对话要比独白好，而且对话是独白的最好的对立面。对话是一种"运动的批评"，是一种"批评的批评"，不同观点的批评相互撞击，对双方都是有益的。哪怕是批评中发生了错误，也是一种正常的现象，无须大惊小怪。这绝不是说可以不修正错误，而是因为错误与批评家的个性有联系，就是同时决定着他的生与死的"素质的一部分"。正如用经过严格消毒的蔬菜喂兔子，兔子几天内就会死亡一样，要求批评不犯任何错误，无异于扼杀批评；同样，批评要求作品不能有任何瑕疵，也无异于扼杀文学。因此，蒂博代对那种"万无一失"的批评家的态度是相当严厉的："如果有一位超人的批评家，能够立刻完成传世之作的选择，我们显然要把他杀掉，否则他就要杀掉文学。"当然，当代文学的批评中如果有几位自以为握有生杀大权的批评家，他们也宰杀不了文学，蒂博代采取这样严厉的口吻，我想其用意是告诫那些以裁判官自命的批评家，当代文学作品的淘汰不关他们的事，还是交给时间去办为好，等到现在变成了过去，自然只有杰作留下，人们今日为评价的高低争吵不休又何苦来哉！要紧的是"感觉、理解、帮助形成现在"。

在法国，自发的批评（即文学记者的批评）随着文字新闻陷入危机而度过了它的黄金时代，但是几家重要的报刊仍有著名的批评家主持笔政；虽然此种批评面对着大量"未经筛选的作品"而有"不堪重负"的苦恼，但与广大读者保持着最密切的联系的仍旧是这样的批评家。而在我们这里，此种批评似乎还不曾有过黄金时代，其证据就是，在如此众多的报刊中，竟没有一位文学专栏作家。相反，我们却有太多的批评家忙于进行圈地运动，写起文章来不是"论"就是"研究"，盲目地追求"宏观"或"深刻"，完全失去了当代文学批评所需要的鲜活与明快；有太多的理论家热衷于构筑体系，不惜用数年的工夫修补那一夜之间堆积起来的沙堡，全不想想当代世界上那么多大批评家何以普遍地对所谓体系表示厌恶；又有太多的批评的批评家，急匆匆地为当代批评家建立谱系，人为地捉对儿、划小圈子，似乎非如此不足以体现批评的自我意识和批评家的主体意识。我们不是不能容忍这样的批评家，只是太多了。我们需要能够每周向公众提供一篇书评的批评家。他可能由于来不及深入地思考而犯有某种偏颇和疏漏，但是他必有直接的、还不曾冷下来的感受，他也会有产生于两个灵魂初次相遇的，但经受不住左顾右盼的考验的理解。他不必考虑自己的文章或所评的书能否传世，更不必担心落伍而盲目进口最时髦的批评术语，因为他的对象是广大的读者而不是少数的同行。他只需立足于现在，自由地、不怀成见地、满腔热情地关注当代人们的生活、劳动和斗争以及为他们写的书，而不必为了具有那个被人弄得莫名其妙的现代意识而丧失了个人的自我意识，因为"现代的"，并非嘴上挂着并且希望别人将其看作"现代的"那些人。我们需要这样的批评家，因为太少了。

我们的第二站是"职业的批评"。这是一片教堂高耸、宫殿巍峨的土地，到处是围绕着数十位大作家和数百部名著，用卷帙浩繁的文学史、大部头的专论以及精细得近乎烦琐的考证建立起来的纪念碑。人们可以怀着崇敬的心情前来瞻仰，却很少能带着愉快的笑容与之亲近。它们太高了，累得普通人脖子疼。所以，蒂博代先生说："平时住在教堂里和宫殿里不大方便。"

职业的批评又被称作教授的批评，因为它的代表人物是一些著名的教授，例如执政时期的拉哈卜，复辟时期的基佐、库赞和维尔曼，七月王朝和第二帝国时期的圣－马克·吉拉尔丹、尼扎尔和泰纳，共和时期的布吕纳吉埃、勒麦特尔和法盖。当然还有圣伯夫，他被许多人看作是三个批评领域的杰出公民。他们站在高高的讲台上，俯视着无知或少知的学生，总要对几百年的文学追根溯源，条分缕析，寻出个贯穿始终的线索来。在他们的手里，文学从此被划成了具有固定的规则的各种体裁，并且在演变中形成了自己的历史。他们是那些教堂、宫殿、纪念碑的建造者，其工具是历史、政治、道德、哲学、作家生平或"种族、环境、时代"。

在许多人看来，"职业的批评"这种称呼含有一种贬义，似乎教授的职业与批评自由是不相容的。过去法国的生猪市场设有"猪舌检疫员",负责检查上市的猪是否有病。伏尔泰把职业的批评家比作"猪舌检疫员",并且说:"在一位文学检疫员眼中,没有一位作家是十分健康的。"看来,把批评视同检疫,时时刻刻怀着"非我族类"的警惕,把求疵作为批评家的天职,并且形成一种习惯,对任何一部作品首先要闻一闻有无异味,这也是古今中外都有的一种传统。这种传统在法国可以追溯到17世纪。路易十三的首相黎塞留就要求文学批评要有"权威性"。所谓"权威性",实际上是强制作家遵循体裁的固定规则和共同的美学标准,于是乃有夏普兰的《法兰西学士院关于〈熙德〉的感想》,教导高乃依如何写悲剧。夏普兰倡导一种"告诫的批评",即:"批评乃是一种向作家提出有益的告诫的艺术。"那么什么人可以充当文学的告诫者呢?当然只有批评家,因为只有他通晓各种体裁的规则和标准。他要告诉作家如何把悲剧写得像悲剧,把史诗写得像史诗,把小说写得像小说,等等。倘若作家有所违反,批评家则出来大喝一声"不行!"于是,高乃依只好在写作中乖乖地遵守"三一律"。这大概是"告诫的批评"最可夸耀的一次伟绩了。后来的职业的批评当然不完全是这种告诫的批评,但是它们之间的精神联系还是一目了然的。因此,蒂博代认为,自发的批评注重的是"作品和人",职业的批评则不同,它注重的是"规则和体裁"。

当然,体裁及其规则的研究只是职业的批评的一部分,此类批评的全部,在现代是被称为"大学的批评"的。它采用的是一种以搜集材料为开始,以考证渊源及版本为基础,通过社会、政治、哲学、伦理乃至作者的生平诸因素来研究作家和作品的批评方法。

这是一种实证的研究,其自然的倾向是条理化、系统化和科学化。它最擅胜场的是文学史研究,并且的确硕果累累,为世代学子所景仰。因此,蒂博代说,职业的批评"属于19世纪文学中最坚实最可尊敬的那个部分"。无论圣伯夫的传记批评、泰纳的社会批评、布吕纳吉埃关于文学体裁演变的研究,还是朗松的文学史研究,都在人类对文学的认识道路上竖起了里程碑。这些人进行了广泛而深入的阅读,有着丰富而确切的知识,善于条理化和系统化,虽然都程度不同地受到过科学主义的诱惑,但毕竟为文学发展的历程理出了或隐或显的脉络。无论人们满意还是不满意,文学的过去不再是一团乱麻了,也许"理还乱",但作为人类认识的一个对象,它究竟是有了一个可供把握的轮廓。这种批评不但取得了辉煌的成果,而且还形成了一种传统。这传统,在一些人看来,是已经僵死了,而在另一些人看来,还称得上健壮。后者的看法自然没有错,因为这是事实:传统的批评依然健在,它的代表形式之一的文学史研究依然很红火;但是,前者的看法也有道理,先不说近三十年来一些号称"新批评家"的人是如何指陈其弊端的,蒂博代就已经指出过职业的批评面临着什么样的危险,虽然他们的出发点和参照物并不相同。

蒂博代曾经指出在自发的批评中有一种不读而论的现象,而在职业的批评中也有一种类似的现象,即并非每写必读,而是依靠自己的回忆和笔记。蒂博代承认,他二十年前读过丰特奈尔的全部重要作品,而二十年后的今天,他若写一篇关于丰特奈尔的文章,却并不是重读其作品,而是看看别人关于丰氏写了些什么,再加上自己记忆和曾经写下的笔记，就可写就一篇文章了。蒂博代的坦率并不会丢那些职业的批评家的脸，真正使他们丢脸的倒可能是有些人连记忆也没有，就是说，他们根本没有读过某人的书，却根据别人的议论来写旁征博引的文章。诚实使蒂博代看出了这当中隐藏着的危险，即：批评家所写的可能并不是自己的感觉，而是传统的看法，如此则非但新意难出，怕也离陈词滥调不远了。其实，批评缺乏新意并不是一件多么不光彩的事，老老实实地把别人的意见转告给不知道的人，也是一种正当的行为，不光彩的倒是没有新意却要装得颇有新意，而打开箱子一看，货色全是舶来品。我们当然需要有新意的批评家，但我们也需要虽少新意却多诚意的批评家，因为"文学贸易"（内销和外贸）也是要有人去做的。

职业的批评的第二种危险，蒂博代称为"迟疑症"。这是一种可敬的，却也是令人沮丧的危险。患有这种"迟疑症"的人，很可能皓首穷经，却终于没有一部作品产生。他们搜求材料，一定要找到最后一张纸片；他们探索渊源，一定要掘开最后一座祖坟；他们考察环境，一定要坐实最后一个细节；非如此则疑虑丛生，不能有一个字落到纸上。这种精神固然是可钦佩的，但是，上述种种，如材料、渊源、环境等，都是不可穷尽的，人们只能在相对的、有限的程度上做到所谓"丰富、翔实、准确"等等。任何以"穷尽"为条件的批评家，恐怕唯有投笔兴叹了，别无他途可走。蒂博代认为："任何一本书都意味着一部分有意的疏漏……"这就是说，著作是人的精神劳动的阶段性产品，总是包含着充实、修正和发展的可能性，绝不会"止于至善"。总之，"一部批评著作如果是不完全的,能够引导读者去加以修正,才会是有生命的"。它将引起批评,参与对话,显露出一种向更高的水平运动的意向。蒂博代说:"迟疑症以草率从事为借口拒绝必要的急就,以不完善为借口拒绝进行有用的工作,这种迟疑症使许多人劳苦一生而毫无所成。"这真是个中人语,饱含着无穷无尽的辛酸和遗憾,足以为做学问者戒。"迟疑症"乃是一病,我想大概不会有人认为蒂博代这里是主张浅尝辄止,游谈无根,去精益求精之心而存哗众取宠之意。蒂博代本人的著作恰是被瓦莱里誉为"资料丰富,无所不知"的。

职业批评的上述两大危险,蒂博代认为,都是可以通过良好的教育加以避免的,但是有一种东西是教育无能为力的,这种东西叫趣味。"对文学史茫然无知的批评家绝无在文学史上留名的机会,而缺少批评趣味的文学史家则会跌进一种半死不活的学究气中。"趣味,这是职业的批评最容易缺乏的东西。布吕纳吉埃把批评的行为规定为"评判、分档、解释"。这就意味着批评者必须是饱读的、博学的、逻辑的。他读一本书,同时就想起了所有的书,舍此何以谈"评判、分档、解释"?他并且要熟知各种体裁的规则,否则何以指陈一部作品在哪里失足?他还必须要牢记理想的样板,不然他就失去了准绳。这些活动对已然经过时间筛选的作品还算有效,但是对当代活着的大量作品,却显得力不从心了,它无力把握那些为满足当代人的要求而写的变化多端、面目各异的作品,它缺乏必要的灵活性、直接性和微妙性,因为对待当代作品最要紧的不是考证、比较和探本溯源,而是"品鉴"。何谓品鉴?依蒂博代的说法,品鉴"是感到一种现时的乐趣,是生活在现时,是唤醒现时的一刻"。我看用一句古诗说得最明白："花开堪折直须折，莫待无花空折枝。"职业的批评重视的是历史，是评判，是分档，是解释，而对当代作品，它则要求符合传统并且能够进入传统的东西。使一位大学教授处理当代作家和当代作品，他多半要用对待古代作品和古人那样的方法来处理，其结果是十有八九要闹笑话。吉拉尔丹、维尔曼和泰纳不理解浪漫主义，布吕纳吉埃不接受自然主义，勒麦特尔和法盖不欣赏象征主义，其原因盖出于此。趣味本是一种具有强烈个人色彩的能力，理应细心培植，但在一些大学教授的眼中却成了一种需要遏制的怪物。布吕纳吉埃说得明白："批评的目的在于教会人们如何违背个人的趣味来进行判断。"他的批评被称为"教条的批评"，于此可见一斑。此种批评似乎还没有绝迹，种种违情违心之论还充斥在中外文坛上。

批评当代作品特别需要一种活跃的、敏捷的、生气勃勃的趣味，而不是那种面向古代和死人的趣味；批评古代作品特别需要的则是"知识，经过消化的、准确的知识，能够确立并估价一位作家的历史地位和文学地位"。理想的批评当然是二者的完美结合，然而，蒂博代指出："这种理想的批评恰恰不存在，只存在真实的、有血有肉的批评家，在其身上只有一种倾向占主导地位。"因此，面对不同对象的批评著作，应该采取不同的态度，而不能"唯我独尊"，把不同于己的批评赶出批评的殿堂，像在批评史上发生过的那样：职业的批评骂自发的批评为"无知"、"赶时髦"，自发的批评则骂职业的批评为"学究"、"为死人唱赞歌"。这里的确需要一种宽容的精神，岂止是宽容，更重要的是彼此承认对方也是批评共和国中合法的、积极的、有贡献的公民。当今是讲究民主和平等的时代，过去那种公开的指责奚落似乎绝迹了，但横亘在两种批评之间的鸿沟依然是很深的。我在前面引述的斯塔罗宾斯基的话就露出了端倪，很值得玩味。为什么教授出来写随笔（介于大学批评和报刊批评之间）要冒"某种风险"？这无疑是说，教授学者来写那种无需广征博引的评论有可能被人目为"有失身份"或者"不务正业"，而所谓"评论"无形中被从大雅之堂中轰了出去。斯塔罗宾斯基是此种随笔的倡导者，并曾荣获1984年欧洲随笔奖，他的那番话说得如此含蓄谨慎，可见两种批评之间的隔阂之深了。在我们这里，此种隔阂似乎也并不浅。例如，研究论文和书刊评论是有区别的，然而在有些人眼中，这种区别不是形态、方法、目标等的区别，而是价值的区别，前者有学术性，后者无学术性，仿佛前者是甲级队，后者是乙级队，文格上就高了一等，就是说，一篇很精彩的评论其价值大约只与一篇很平庸的论文相等。论文再平庸也是论文，生下来血液就是蓝色的，其作者可以被称为或自称为"学者"；评论再精彩也是评论，至多博得个"生动活泼、文采斐然"，究竟不是正途，摆脱不掉"无学术性"的劣根，其作者只能被称为"评论家"或"批评家"。当然批评家们也不甘示弱，他们会把那些"论文"骂作老气横秋的"高头讲章"。在他们看来，什么叫"论文"，也是很莫名其妙的，似乎文章题目的头尾有"论"字是一个很重要的标志。还有长度，或称"分量"（这"分量"二字用得尤其妙不可言），倘若文章不超过一万字，恐怕连作者本人说话的口吻都要低八度。当然，文章还要写得严肃，其实有些人并不知严肃为何物，不过是写得平淡、枯燥、古板罢了。人们实在看不出那种作家生平加作品复述或者用语录开道、"局限性"断后的大文章有什么学术性，也许"分量"倒是有的。这些批评家未必不做如是想：此类文章的作者们不如到所谓"评论"的园地上去解放自己的生产力，倘若他们读书果真有所感的话，这样他们也许真会写出有学术价值的文章。

看起来，两种批评之间的争吵还要继续下去，但是争吵归争吵，隔阂却未必一定要有。这里用得着蒂博代的一段话，他说："在把一种批评对它种批评的不知、斗争、讥讽和挖苦视作其生存之必须及其健康之证明的同时，敦请它们各自看到与邻居的界限并以宽容待之，我不认为是件徒劳无益的事情。"批评的形态、方法、目标可以不同，但价值不可以仅仅因此而不同，还是按质论价为好。

20世纪五六十年代，"新批评"曾经对"职业的批评"发起过极猛烈的攻击，其实，按照蒂博代的划分，"新批评派"也是一种大学的批评，其主将都是些大学教授，他们的要求也许竟可以被看成是"职业的批评"的内部一种改革的呼声呢！

我们的第三站是"大师的批评"。从"职业的批评"到"大师的批评"，"地域"换了，景观也自不同，仿佛出了齐整严谨的英国花园，进入了富于变化的中国园林。所谓"大师"，指的是那些已经获得公认的大作家（诗人、小说家、剧作家等）。"大作家在批评上也有话要说。他们甚至说了许多，有时精彩，有时深刻。他们在美学和文学的重大问题上有力地表明了他们的看法。"这是一种热情的、甘苦自知的、富于形象的、流露着天性的批评。

正如"自发的批评"不见容于"职业的批评"一样,"大师的批评"也不曾博得"职业的批评"的垂青。职业的批评(例如其代表人物布吕纳吉埃)认为作品是观念的实现,是"继续和延伸观念的丰富性",也就是说,"艺术品是批评观念的一种运用","艺术产生于批评"。职业的批评的任务是"建立一个观念的、联系的、智力的世界"。因此,这种批评家在艺术品中寻求的是"清晰的观念"。大师的批评则不同,它要的是批评与创造之流会合,与艺术品本身会合,而融汇无间者当然是艺术品的作者,"他们完成作品不是要符合观念,而是要他们的观念证明其作品,这种证明自然就具有一种雄辩的、热情的色彩"。当然,在艺术家那里,也会出现证明先于作品的情况,由此而产生出一些特殊的作品,蒂博代称之为"宣言文学"。在法国文学史上,特别是近现代,各种各样的宣言连篇累牍,不绝于耳。蒂博代指出,文学宣言可能有两种结果。其一,作家跟着宣言亦步亦趋,不敢越雷池一步,而他写出的作品必将是僵死的、失败的。其二,作家只是从宣言中汲取勇气,并不受宣言本身的束缚,而他将会写出成功的作品。这正是七星诗社的《保卫和发扬法兰西语言》及雨果的《〈克伦威尔〉序言》的情况。因此,蒂博代认为,雨果的真正的批评杰作不是《〈克伦威尔〉序言》,而是那部光怪陆离、热情洋溢的《莎士比亚论》。蒂博代的观察是符合历史实际的,当年的《象征主义宣言》就是一个好例。我们从中可以得到这样的启发:不能仅仅根据宣言来考察一个作家或一个流派的代表性作品,优秀的作品都要突破宣言的框框。那些以宣言为评价作品的唯一准绳的批评家,恰恰是接受了职业的批评中需要否定或扬弃的东西。

一个要寻求"清晰的观念",一个要与"创造之流会合",于是我们又一次听见了争吵声,似乎从大师的批评那里发出的讥讽和挖苦更为尖刻。例如戈蒂埃曾经把那些职业的批评家(例如教授学者们)称作"文学太监",龚古尔兄弟说他们"专为死人唱赞歌",德·李尔则把他们比作"未枯先落"的树叶,脱离了"艺术和文学的所有枝条"。当然,蒂博代先生再次告诫我们:不必惊讶,"竞争是商业的灵魂,而争论是文学的灵魂","没有批评的批评,批评本身就会死亡"。我们这里无须评断这两种批评之间的是非恩怨,它们从各自的立场出发攻击对方,自然专找薄弱的环节下手。大师的批评用语尖刻,不足为怪,而职业的批评往往把对方说成是"胡言乱语"、"互相吹捧",自然也并非总是无的放矢。总之,我们不必把双方这些最不体面的表现拿来作为评判的依据,我们只需记住,大师的批评和职业的批评是并存的,一系列大作家,如夏多布里昂、雨果、波德莱尔等,都是第一流的批评家,在批评上至少可以和那些最有名的教授相匹敌。

在这些大师的眼中,批评首先是一种理解和同情的行为,批评者首先是一个读者,他要努力使自己站在作者的立场上,"根据支配作品的精神来阅读"作品。他必定会因在作品中发现了美而惊喜,仿佛自己也成了美的创造者。他可以借他人的酒杯来浇自己胸中的块垒,于是自己也创造出一种美来。夏多布里昂把这种批评称为"寻美的批评"。蒂博代认为,此种"寻美的批评"可以向上追溯得很远，例如可以经狄德罗而至费讷隆。蒂博代甚至在费讷隆的批评中发现了"寻美的批评"的"原则"或"本质"，即"对艺术创造力的深刻同情"。他指出，费讷隆对荷马史诗的批评，是将自己置身在荷马所描绘的世界中，仿佛亲眼看见了荷马笔下的人，亲耳听见了他们说话。这就是说，荷马是与费讷隆同时代的荷马，更确切地说，费讷隆是与荷马同时代的费讷隆。他以一种艺术家的同情与荷马一起激动，在灵魂的持久震颤中感受着荷马史诗的生命冲动。因此，蒂博代认为，费讷隆所做的不是一种"批评的分析"，而是一种"审美的创造"。我们由此可知，所谓"寻美的批评"，并不是进行批评的艺术家的一种出自同病相怜心理的职业需要，而是他们的创造本能的自然表现。因此，就其实质来说，大师的批评不是模仿，不是重复，而是创造。蒂博代的"同情说"对后世的批评家影响很大。法国"新批评"中的"日内瓦学派"主将之一的乔治·布莱主张一种"同情批评"（la critique de sympathie）或称"认同批评"（la critique d'identification），认为"没有两个意识的遇合就没有真正的批评"。在他开列的认同批评的先驱者名单上，就有蒂博代的名字，而且位列榜首。他引述过蒂博代这样一句很说明问题的话："一个读书并且评论所读之书的人的理想，是与小说家的创造精神会合，并且进一步与作为体裁的小说的创造精神会合。"蒂博代本人更多的是一位职业的批评家，但是他的批评观念却是更多地具有"寻美的批评"的色彩。

与"寻美的批评"相对的是"求疵的批评"。"寻美的批评"不可被理解为单纯的赞扬甚至吹捧，它的出发点是"两个意识的遇合",但是它的终点则可能是相容(所谓"同情"),也可能是不相容。艺术家的批评在表达"不相容"的时候,也同样是"明确的"。而"求疵的批评"则往往是职业的批评对从事创造的作家们的劝诫或教导。职业的批评的代表人物之一法盖就说过:"求疵的批评是批评家发明的,寻美的批评则是作家发明的,他们有一种被欣赏的需要。"蒂博代对此的反驳很不客气:"那么批评家的需要是什么?是不欣赏吗?不,是发号施令。"的确,许多批评家都有一种教导欲,似乎非如此不足以显出批评家的高明。于是"局限性"、"白璧微瑕"等套语就成了许多文章甩不掉的尾巴。这些批评家当中,有的是下定了决心,不在所论的作品中挑出点儿毛病就不罢休;有的则是害怕遭到非议:轻者会被指责为"不全面",重者则要被上纲上线,说成"态度问题"。不过,这里面也的确有个态度问题,因为这正是职业的批评的典型态度,一如法盖所言:"寻美的批评面向读者,其目的是让他们明白一本新的或旧的书中有什么好东西以及为什么好;……求疵的批评面向作者。它不教育公众,它试图教育的是作者。"法盖认为这样的批评家是作家的"真正的合作者",哪怕是"有些粗暴的合作者"。因此,在职业的批评家看来,"求疵的批评"对作家更有益处。蒂博代并不否认此种批评的作用,但对此种批评究竟有多大的好处却深表怀疑。他认为,"求疵的批评"是把评论作为创造物的作品当成了批改学生的作文,然而作家不是学生,作品也不是学生的作业,前者是创造,是天性的流露,而后者只是重复或模仿,是任何人都可以做出来的。因此,"批评的高层次的功能不是批改学生的作业,而是抛弃毫无价值的作品，理解杰作，理解其自由的创造冲动所蕴含的有朝气的、新颖的东西"。"求疵的批评"恰恰是忽视了作家身上的天性这一极其重要的因素，抱着好为人师的态度在作品上任意批改。这样的"合作者"显然是过于"粗暴"了，其有益性大可讨论。文坛上有所谓"诤友"、"畏友"这样的美称，我们切不可将其混同于这里所说的"粗暴的合作者"，因为两者的出发点显然不同。当然，我们也不可在"求疵的批评"前面随意加上"吹毛"两个字，此种批评家所以拿挑毛病当作职业，原因是他们对作品缺乏一种"热情"。蒂博代说："熟悉天性，热爱天性，尊重天性，并由此产生一种热情，此乃寻美的批评之真正的必要性。"这里的"天性"，也可作"天才"解。这种天性不仅仅是个人的天性，更主要的是一种文学体裁的深层的、活跃的天性，一个时代的天性，一种宗教的天性。前面所说的"根据支配作品的精神来阅读"，实际上就是发现作者及其作品的"天性"。这种能力也是一种"天赋"，往往是那些职业的批评家所不具备的，他们也因此只会进行冷静的分析，不会从事热情的创造。

　　有热情，则批评的灵魂在；无热情，则批评的灵魂亡。因为批评像其他一切职业一样，操之既久，必然产生一种习惯的惰性，而热情正是使批评免遭习惯腐蚀的利器。那种缺乏热情的批评家对作品中的美德感觉迟钝，或竟茫茫然视若无睹，而对作品中的瑕疵却如芒在背，一刻也不能容忍，其结果是"只知对着瑕疵呻吟，在书页的空白处大批特批"，这是一些"失职的批评家"。伏尔泰曾经把"健康的批评"列为第十个缪斯，派她守在趣味神殿的大门前。

他对批评寄予的希望可谓厚矣。不过，蒂博代补充说，这第十位缪斯原本也和她的九位姐妹一样年轻漂亮，但是她老得很快，往往变成一个易怒的、讨厌的老太婆，因此她常常受到那九位姐妹的嘲笑和奚落。幸好她们有时候代她守门，并且给她返老还童的灵丹妙药。这灵丹妙药不是别的，正是"创造的热情"。看起来，职业的批评要避免衰老僵化，有必要从大师的批评那里汲取营养，输入新鲜的、富有活力的血液。蒂博代似乎认为，大师的批评在这方面是慷慨的、宽宏的。

总之，这种"大师的批评"既不同于以"评判、分档、解释"为己任的"职业的批评"，也不同于以"趣味"为转移的"自发的批评"，它可以被称为"寻美的批评"，也可以被称为"直觉批评"或者"同情批评"，其最完美的表现是浪漫派批评，因为浪漫主义运动可以被看作是一次同情运动，它追求的是天性或意识的遇合。

在处理经典作品的时候，大师的批评往往表现出极高的悟性，迸射出天才的火花，为职业的批评所不及，那么，当它面临一部当代作品的时候，是否也和职业的批评一样，会遇到种种困难呢？这里所说的困难当然也包含着危险。蒂博代指出了一种最坏的情况："事关当代的时候，同行间的嫉妒、文学职业固有的竞争和怨恨使某些艺术家恼羞成怒，骂不绝口；相比之下，职业的批评家的那些被百般指责的怒冲冲的话简直就成了玫瑰花和蜂蜜。"蒂博代把大师的批评中这种最不光彩的东西称为"作坊批评"。作坊者，小圈子也。假使这种东西可以被当作个别的、极端的现象存而不论的话，巴黎有众多的"文学作坊"这一事实却是不可否认，也不可小视的。作坊林立，势同孤岛，而往来其间者，更多地不是亲切轻松的话语，却时而是"礼尚往来式"的溢美，时而是"箭林石雨般"的攻讦。新老作家之间有分寸的揄扬和尊敬，文学团体之间并不过分的鼓励或批评，本不是一件坏事，别的行业需要广告，文学这一行也不例外。然而，"作坊倾向于变成小教堂①，小教堂则又倾向于变成堡垒"。于是，"作坊批评"变成了文学宗派的批评，公正、准确等等自然不必提了，就是寻美、理解和同情也将荡然无存。这是大师的批评最大的危险。

也许大师的批评将永远生活在这种危险的阴影之中，因为艺术家之间自然地有一种惺惺惜惺惺的感情，即令人们常说的"文人相轻"，那也只会出现在属于不同圈子的艺术家之间。但是，那些真正的大作家是可以走出阴影，沐浴在理解和同情的阳光之中的。他们并非不会出现偏差和失误，但那只能出于对某种观念的执着和激情，而不会出于宗派之间的无原则争斗，更不会出于相互吹捧或嫉妒的狭隘需要。他们甚至可以公开宣布鄙视所谓的"平正公允"，例如波德莱尔就说："为求公正，也就是说，为有存在的理由，批评必须是有所偏袒的、满怀激情的、具有政治性的，也就是说，批评要站在排他的观点上，但要打开最广阔的视野。"这里的关键是"排他的观点"和"最广阔的视野"之间的不可分割的联系。前者实际上指的是"热情"，后者则指的是"理解"和"同情"。波德

---

① 在法语中，"小教堂"一词转义为宗派、小团体。

莱尔的批评所以属于"大师的批评"中最优秀的部分，绝不是因为他没有判断上的错误，而是因为他的批评始终是在两个灵魂的遇合或搏斗中进行的，是因为他没有把文学之外或之上的利己打算夹缠在他那些最优秀的批评之中。有些人所以感到吹捧或中伤的需要，那是因为他们的所涉多半不是艺术和美。因此，倘若不把艺术视为生命本身，是绝不会有好的批评的。然而，艺术家并非个个都把艺术视为生命，或者竟可以说，他们之中只有少数可以为艺术献身，而多数都怀有某种可以宽容、可以理解的功利之心，因此，我们可以满足于"大师的批评"中只有少数是优秀的、弥足珍贵的，而对多数并非属于"作坊批评"的东西报以会心的微笑。对于那种纯粹的"作坊批评"，我们也许只能弃之若敝屣了。

我们终于在蒂博代先生的带领下，走完了批评共和国中"自发的批评"、"职业的批评"和"大师的批评"所辖的三个"区"。我希望我对它们说话时，口吻是和解的、尊敬的；当我说到它们的缺点时，也丝毫没有存心抹黑的意思。

半个多世纪以来，西方文学批评，尤其是法国文学批评的景观发生了极为剧烈的变化。如果说斯塔罗宾斯基教授认为蒂博代对批评形态的界定尚未过时的话，我想那一定是从很高很远的地方看过去的，若走近些看，这三种批评都不完全是原来的面目了。也许人们会在"自发的批评"和"职业的批评"之间的中间地带上发现一种新的形态，即斯塔罗宾斯基教授所提倡的"随笔"，而这随笔，也许竟是蒂博代所希望的那种"郊区"，位于三种批评所辖区域之间的郊区。

三种批评各有其变化，其中尤以"职业的批评"为大，它在20世纪五六十年代经历了一场大地震。在法国文学批评史上，20世纪五六十年代是个重要的转折时期。传统批评和"新批评"之间的论战使"职业的批评"的面貌大为改观。它不再是文学史研究方法的天下了，它的神圣的殿堂已经为其论敌——"新批评"——安排了座位。现在不少治批评史的人都在谈论"新批评"的"盛极而衰"，其实所谓"衰"，不过是说"新批评"已不像当年那么"年少气盛"了，它的那些先锋们也开始像那些大教授一样用温文尔雅的口吻说话了，而他们所进行的批评，无论是马克思主义批评、精神分析批评、主题批评、结构主义批评等，都是一种"职业的批评"，都进入了他们先前攻击的"大学批评"的范围。而文学史研究，已经以既得的、不可超越的成果为基础，发展出一种新的文学理论，即"接受美学"。至于"自发的批评"和"大师的批评"，前者以报刊批评为代表，继续担负着指导公众阅读的任务，而后者，新的大师们似乎不如他们的前辈那么有光彩，当他们中间有人受雇于报刊时，也就把"大师的批评"的一些色彩带进了"自发的批评"。无论如何，今天若有人试图写一本《批评生理学》的话，他显然要比蒂博代付出更多的努力，也许还会遇到一些难以克服的困难。

1986 年 12 月于北京

目 录

读《批评生理学》——代译本序（郭宏安）/ 001

批评生理学

前言 / 003

自发的批评 / 013

职业的批评 / 045

大师的批评 / 083

判断和趣味 / 121

批评中的建设 / 145

批评中的创造 / 175

批评生理学

前　言

我们所理解和进行的批评是 19 世纪的产物。19 世纪之前只有批评家，贝尔、弗雷龙与伏尔泰，夏普兰和多比尼亚克，哈利卡尔纳苏斯的德尼斯和昆体良①都是批评家，然而不存在批评。

我这里所说的批评有着非常具体的含义：一群程度不同以专门谈书为职业的作家，他们在谈论别人的著作的同时，自己也发表作品，他们的作品虽然尚未达到天才的顶峰，但同其他作品比较起来，却没有任何理由自惭形秽。

真正的和完整的批评之所以诞生于 19 世纪，并非因为这一世纪的趣味比上一世纪更为活跃和更为成熟。许多富有理智的人认为

---

① 贝尔（Pierre Bayle，1647-1706 年）：法国作家，作品有《历史与批评字典》。弗雷龙（Élie Fréron，1718-1776 年）：法国文学批评家。夏普兰（Jean Chapelain，1595-1674 年）：法国诗人。多比尼亚克（François Hédelin, abbé d'Aubignac，1604-1676 年）：法国戏剧批评家。哈利卡尔纳苏斯的德尼斯（Denys d'Halicarnasse）：公元前 1 世纪的希腊历史学家。昆体良（Quintilien）：活动于 1 世纪的拉丁演说家。

事实恰恰相反。应该存在其他原因，就我而言，我认为有三个原因，它们互为关联，并行不悖。

* * *

首先，批评行业的诞生是因为诞生了19世纪之前不曾存在的另外两个行业，即教授行业和记者行业。

大革命以前，所有的教育均附属于教会，从事教育的首先是无处不在的神职人员。贯穿整个18世纪的哲学家和教士之间的斗争，最终以教育的或多或少的非宗教化结束，从而一种新的行业、一种新的行业精神得以产生。类似康德在18世纪下半叶在哥尼斯堡大学任教和费希特在耶拿①战役之后在柏林大学任教的那种形式，从此在法国成为可能和正常的了。随着1827年三位教授——基佐、库赞和维尔曼②——的出现，出现了有关教席的争论、教席的哲学和教席的文学批评。他们于1830年获得荣誉和权力。在1830年的一百周年所能引起的各种思考之中，不要忘记这一点：批评家的职业，在一百年里，始终是教授职业的延伸。

同时也是记者职业的延伸。无论是在政治新闻阒无声息的帝国时期，还是在复辟时期，文学新闻作为政治新闻的弟弟，是文学批评理所当然的用语。原则上而言，这并非一种创造。此种东西

---

① 耶拿：德国东部城市，拿破仑于1806年在此大败普鲁士军队。
② 库赞（Victor Cousin, 1792-1867年）：法国政治家、哲学家。维尔曼（Abel-François Villemain, 1790-1870年）：法国历史学家、大学教授。

在18和17世纪极多，例如荷兰和法国的汇编以及贝尔和弗雷龙等人的著作。有报纸，甚至是相当好的报纸，诸如《文学共和国新闻》。但没有新闻记者，伏尔泰之后才有新闻记者。《致外省人信札》①是新闻佳作，正像《波利厄克特》和《费德尔》②是舞台上的佳作一样，但它只在语言上有所创新。相反，伏尔泰、狄德罗，18世纪的轻灵尖锐的文笔，创立了新闻体，孕育出后世的新闻记者。伏尔泰本来只把文学新闻视为他在巴士底狱的意外收获，如果知道后人把他看作新闻记者之父，他肯定会感到奇怪。

不应该仅仅把教授行业的形成和新闻记者行业的诞生当作批评的母液，还应该看到它们之间的对立和斗争。教授的批评和新闻记者的批评已经分别存在一百多年了，对此，哲人像看到棕发和黄发女人并存、勃艮第葡萄酒和波尔多葡萄酒并存一样地无动于衷。一个事实是，巴黎高等师范学校，自尼扎尔③讲授文学课以来，在长达一个世纪的时间里，成为批评的堡垒，或者更文雅地说，成为批评的卫城。另一个事实是，这一时期与其说属于现在，毋宁说属于过去。可以称之为古典批评家的唯一批评家——圣伯夫④，乃是一位纯粹的职业新闻记者。由他这样一位不善于在公众面前讲话的人在洛桑讲授《波尔-罗雅尔修道院史》，这件事本身就是对我们的观点的肯定。况且

---

① 法国思想家帕斯卡尔（Blaise Pascal，1623-1662年）的作品。
② 这两部剧作的作者分别是高乃依（Pierre Corneille，1606-1684年）和拉辛（Jean Racine，1639-1699年）。
③ 尼扎尔（Désiré Nisard，1806-1888年）：法国批评家。
④ 圣伯夫（Charles-Augustin Sainte-Beuve，1804-1869年）：法国文学评论家。《波尔-罗雅尔修道院史》是他在洛桑讲学的讲稿，《月曜日漫谈》是他的文学评论集。

圣伯夫不无屈辱地感到公众舆论重视穿长袍的而轻视耍笔杆的[①]。公认的学术或其他方面的17世纪的研究权威，不是《波尔-罗雅尔修道院史》和《月曜日漫谈》的作者，而是《福隆德运动时期美丽的夫人们》的雄辩家和对《帕斯卡尔思想录》夸夸其谈的贝加摩人[②]。因此人们不难理解，圣伯夫何以始终站在库赞的反对党的立场上。后来，事情发生了颠倒。对圣伯夫的崇拜成为高等学府所信仰的原则之一，于是，出于不同的理由，例如他对浪漫主义的仇视和在帝国时期所扮演的角色，有些新闻记者兼批评家，像已经去世的保尔·苏戴[③]，每隔一段时间便要把他拉出来嘲弄一番。

* * *

其次，批评就某种程度来说乃是一种总结，而19世纪，自《基督教真谛》[④]问世之后，成为一个总结的世纪。

批评之所以是一种总结，因为它是针对既成事实和历史的。就某种意义而言，批评是由亚历山大的一些图书馆的工作人员创建的，它产生于一种保存、整理、清点和复制某些文献的努力。"总结"这个用语尤其与对过去的著作的批评、对文学史的批评相关，

[①] 穿长袍的是指教授，耍笔杆的指记者。
[②] 福隆德运动指1648—1653年法国反专制制度的政治运动；"贝加摩人"含有经院哲学家之意。
[③] 保尔·苏戴（Paul Souday，1869—1929年）：法国文学批评家。
[④]《基督教真谛》是法国作家夏多布里昂（François-René de Chateaubriand，1768—1848年）的作品。

而远非对当时作品的批评。我们因此可以补充说，在批评家的两大分类中，一种，即教授的批评，用于总结历史；另一种，新闻记者的批评，用于剖析现实。我认为，一个聪明的，或者深刻和敏锐的批评家肯定会始终力图超越总结的范围，摆脱历史，利用历史而不受其限制，像哲学家或伦理学家那样，飞越时间。这显然不是当今成熟了的批评赖以生存和发展的条件，而是批评在19世纪诞生时的条件。

因此，批评的产生与历史和历史感紧密相关。确认拉阿尔普①这位伏尔泰的弟子和继承人的批评（吕克昂是学校，属于教授的批评）这种雄性原则，再确认《基督教真谛》这种雌性原则，您就有了圣伯夫的批评，它作为它们的产物出现。三者对同一事实有迥然不同的理解，一个强调总结，一个强调历史，一个既强调总结，又强调基督教和古典主义的历史。批评犹如时间厚度上的一个闪光的截面。

就这样，文学批评诞生和发展起来。就这样，它开花了。但它不仅是开花而已，它的茎，一旦形成，却长出了性质不同的花。19世纪有一种批评，它完全不屈从于历史，它抛弃总结的观点，它参加或者说仿佛参加创造活动。这就是浪漫主义批评。

雨果、拉马丁、缪塞、波德莱尔，从他们著作的批评部分中我们感到他们属于另外一种环境，与专门的批评家、教授和新闻记者不同。他们另辟蹊径，他们时而超过尺度，时而不足。本书所要讨论的是职业批评和大师的批评。现在我们就应该记住相互对立和争斗的文学界何以如此纷繁复杂，在这些斗争面前，何以必须有仲裁

---

① 拉阿尔普（Jean-François de La Harpe，1739-1803年）：法国批评家。

者，这个作为仲裁者的批评家何以永远无能为力和有欠公允而又何以必须无能为力和有欠公允。最后在批评家的这种无能为力和有欠公允面前，何以必须有批评来做票据交换所。

* * *

最后，我的第三点看法是，19世纪的法国文学处于一种多元化之中：我是说多种欣赏趣味和多种创作设想具有同等的权利。这种多元化开始表现为二元化，即古典主义和浪漫主义。我们过去可以说，现在仍然可以说，1830年是浪漫主义的胜利，而1850年是浪漫主义的失败，或者说它被取而代之。这些标签，这些时间的截面，在下面这个不容置疑的事实面前显得十分脆弱：古典主义和浪漫主义是互为补充和共存的体系，犹如一南和一北，一个奥依语和一个奥克语①，这两种体系，任何一个的光辉也无法泯灭另一个的光辉，任何一个的理论也无法压倒另一个的理论。

自由主义使批评在19世纪成为必须，使批评与多元化协调一致。精神自由主义之父蒙田，可以成为批评精神之父。法盖②，在他写的有关"自由主义"的著作中指出，法国人不是自由主义者，全然不是，结果法盖认为唯一的真正的自由主义者就是他本人。我并不认为这是戏言。他认为自己（也许是错误地）是批评家之中最

---

① 奥依语、奥克语：中世纪法国卢瓦河南北地区的方言。
② 法盖（Émile Faguet，1847—1916年）：法国批评家。

富有批评精神的批评家；与他的十余名同行相比，他认为自己更少政治倾向和更少偏见。由于唯有批评家才是真正的自由主义者，因此最富有批评精神的法国批评家自然而然地可以被视为法国最富有自由主义精神的自由主义者，唯一彻底的自由主义者：这正如一个认识到自己错误的孩子所说的那样，两个位置相等。

自由主义即多元化。政治多元化即国家多元化意识、多党意识，对此，一个普通的自由主义者自然不会加以反对，然而一个有修养的彻底的自由主义者却认为这种多元化和多党共存乃是一种必须加以保卫的财富。从安德烈·纪德①和他的朋友爱德华那里借用一个形象的说法就是：在一间摆着几张桌子的客厅里，几盘棋赛正在激烈地进行，自由主义者在屋子里走来走去。他喜欢下棋，不断地给每位棋手出主意，但他观看所有这些棋局比自己亲手下一盘更为卖力气和更有兴趣。在另一本书里，纪德写道：

"我觉得我充满了矛盾；有时候我真想摇铃，戴上帽子，离开会场。我的意见有什么用呢？"莫拉斯②不是把议会制度比作阿米艾尔③，即一个超级自由主义者和一个特级批评家的大脑吗？

彻底的自由主义者，纯粹的批评家，所代表的不是一个人（他肯定会受到思想成熟的人，尤其是自以为思想成熟的人的白眼），而是一个票据交换所。或者更确切地说，他不代表个人，而代表一

---

① 安德烈·纪德（André Gide，1869-1951年）：法国作家，爱德华是他的一部作品中的人物。
② 莫拉斯（Charles Maurras，1868-1952年）：法国作家。
③ 阿米艾尔（Henri-Frédéric Amiel，1821-1881年）：瑞士作家。

种属性，因为进行思考的是一种属性，是它对棋局和参加者的多元化施加了影响。

只有当更为不同和更为对立的天才人物更为普遍地获得优秀分子的一致赞赏的时候，公众的批评教育才能更有成绩，批评的气氛才能更为有益。从一个天才人物过渡到另一个天才人物的结果，使欣赏趣味变得更为敏锐，使之可以意识到过去未曾发现过的区别，使之被迫去进行考察、比较和使用自然存在的多种语言。

这是说这种演变是一件好事吗？不能肯定。总之，并非从各方面看来均是如此。它对批评来说之所以是一件好事，因为它使批评得以普及，即使愈来愈多的人有了承认区别、进行对比判断和实行仲裁的习惯。但是我们切勿轻而易举地得出结论。自由主义的形成永远离不开对自由主义的批评。纯粹的批评如同怀疑论者的怀疑一样，最终对自身失去控制，对怀疑又产生了怀疑。像河流终究要流入大海一样，蒙田学派必将汇流为笛卡尔学派和帕斯卡尔学派。没有对批评的批评就没有批评。而大量的批评，起主要作用的批评，是一种有止动卡槽的批评。

* * *

实际上，我们是在滑轮上而不是在卡槽上。过于重视卡槽的作用，批评本身就会停止。有些人认为批评静止或许是一件受欢迎的事情。在相当长的时间里，人们并不需要批评，人们还可以继续不需要它。欧洲的一部分正在企图粗暴而骄傲地抛弃它。

批评从下面的三条根中汲取营养：行业的（教授和新闻记者），历史的（总结的兴趣），自由主义的（敌对政党的共存，诉讼对方的共存，同样受到鼓励）。为了割断第一条根，只需让教授和新闻记者成为国家的工具；为了割断第二条根，只需使整个社会活动以未来和直接行动为目的，使艺术变为转瞬即逝的东西；为了割断第三条根，只需目前在欧洲开始的政治自由主义的衰落走向彻底结束并产生结果。

显然，只要有书籍、报纸和广播的存在，文学批评家就将存在下去，也就是说，他们会永远存在下去。但他们是文学批评家，而不是批评本身。批评曾在19世纪和20世纪初从签订《维也纳条约》到签订《凡尔赛条约》这段时间里意识到自己的巨大力量，今天，为了进入下一世纪，它遭遇到了某些困难。

* * *

下文所提到的某些想法并非批评应遵循的准则。我以后还要说，批评无权为各种文学体裁制定准则，因为批评就代表了一种文学体裁。批评仿佛恶作剧一般，总是违背权威的劝告和命令，在相反的道路上获得成功。这里我们也不想涉及批评心理学。唯一真正而生动的批评心理学可能是一个经历了职业批评家的痛苦和欢乐的人的心理分析传记，他就是圣伯夫。也许将来有一天会出现这样的传记。批评地理学的说法是与本书的前三部分相当一致的，因为人们可以从中看到批评的三种环境、三个区域以及它们各自的产品和居民。但是最终因为地理学本身就包括处身社会并与土地发生关系的人类的生理学，因为本书的后三个部分涉及批评的三个主要功能，即：用于欣赏文学作品的趣味，进行整理文学作品使之明白易懂的建设，进行替换文学作品，或者使之继续或者与之对立的创造；因此我认为，生理学这个用语足以恰当地表明这篇可能成为一部法国批评史的序言的用意所在。

这六个章节已经存在八年[①]了。

这是1922年在老鸽棚剧院所做的六篇讲演的原稿，后来很快发表了。前三篇发表于《巴黎杂志》，第四篇被收进《心理学报》的一个美学特刊，第五篇刊登在《日内瓦杂志》上，不久之后，第六篇在《手稿》上与读者见面。现在如果让我再发表演讲或写作的话，我肯定会与当时有相当大的不同。但是，当我重读我的这些旧作时，我没有发现我的想法有明显的改变，因此我按1922年的原貌发表这些文章。

---

① 此书成于1930年。——作者原注

自发的批评

曾有一场诉讼引起过轩然大波,因为原告是一名演员,而被告是一位法兰西学院的院士。诉讼中人们就批评的权利争论不休。演员的律师,对这些权利持反对态度,提出了这样一个简单明了的定义:"批评家就是这样一位先生,拿起墨水和纸,想写什么就写什么。"对此,并不难做出反驳,如果引证库特林①和给巴尔波莫尔律师的职业一个同样具有嘲讽意味的定义的话。但是公正强迫我们不得不承认,律师身份的规章决定了他比批评有更稳固的尊严。律师身穿美利奴毛料服装高谈阔论,他除了墨水和纸之外,还拥有他独特的场所。尤其应该指出的是,律师们组成了一种"行业公会",在这种行业公会里,所有成员都被视为同一战壕中的战友,虽然他们的争论,像足球比赛和二人纸牌游戏一样,非到最后

---

① 库特林(Georges Courteline,1858-1929年):法国作家。

一分钟是无法得知谁胜谁负的。一种行业公会，如同神职人员、议会、军队、法兰西学院甚至新闻界一样，在这种同行即同志的行业公会里，同行的顾客和对立的行业公会，法官和检察官，则是敌人。在批评界却远非如此。它没有既定的行业公会，相反，甚至可以说它缺乏组织，因为批评界的成员，每个人都躲在自己的一角，正如律师所说，每个人都有自己的墨水和纸。

由于缺乏一个真正的被法律所承认的统一，批评家们便给他们的技艺一个假想的统一，并且将其视为唯一的统一，即没有统一的统一。因此，无论是布伦蒂埃①的《批评的演变》还是博叙埃②的关于《教会统一》的说教，我们从中看到的都是：批评家们整齐有序地列队前进，进行着他们的演变，直到那个生逢其时的人，直到那个小官一样的费迪南，他监督、促进、解释和完成这一演变。然而这种关于批评统一的说教却无法使我们信服。在我努力摆脱个人主义的时候，努力摆脱不被我们的律师用庄严的手一边把我们碾成粉末扔向风中，一边对我们说"这就是批评！"的时候，这令人欣慰的统一对我来说是可望而不可即的。一边是各式各样

---

① 布伦蒂埃（Ferdinand Brunetière，1849-1906 年）：法国批评家，即下文提到的费迪南。

② 博叙埃（Jacques-Bénigne Bossuet，1627-1704 年）：法国作家，宣道者。

的分散的游击队员，一边是以音乐为前导的整齐的队伍，我停在一个中间阵地上。批评自然不能多于羽毛笔和墨水瓶，但也不只是一个。有三种批评，每种批评都类似一种行业公会，并没有同其他两种行业公会协调一致。这种情形正像大革命以前的全国三级会议一样，从来没有成功过，因为三种"行业公会"从来未曾取得过一致意见。然而就批评问题而言，我们面临的是一个实际问题，我们无须急于求成。三种批评的诉讼将继续下去，像过去裁缝和估衣商之间、鲜肉店老板和烤肉店老板之间的争论一样，直到革命取消文学为止。我们不希望这场诉讼结束，因为那将是文学的末日。

这三种批评，我将称之为有教养者的批评、专业工作者的批评和艺术家的批评。有教养者的批评或自发的批评是由公众来实施的，或者更正确地说，是由公众中那一部分有修养的人和公众的直接代言人来实施的。专业工作者的批评是由专家来完成的，他们的职业就是看书，从这些书中总结出某种共同的理论，使所有的书，不分何时何地，建立起某种联系。艺术家的批评是由作家自己进行的批评，作家对他们的艺术进行一番思索，在车间里研究他们的产品。同样这些产品要在沙龙里（包括一年一度展览这些作品的沙龙展览会和它们装饰并使之活跃的私人沙龙）经受有教养者的批评，还要在博物馆里经历专业工作者批评的检验、讨论和修复。

毫无疑问，应该把三种批评看作三个方向，而不应该看作固定的范围；应该把它们看作三种活跃的倾向，而不是彼此割裂的格局。三个之中，几乎没有一个愿意承认另外两个有独立存在的权利。任何一个都不以做一部分为满足，它们都要独霸天下，都要占有批评的全部，都要成为批评的生命。由于这种斗争是三种批评的生命与健康之泉，因此我们不应该为之遗憾，也不应该加以阻止。在文学的这些问题上，难道我能够超越混战，像若米尼①那样冷静地研究战场形势，甚至用一支胆怯的笔为参战三方的每一方划出一条如不超出则大有用武之地、如若超出则或有脱轨之虞或有侵占之嫌的界限吗？这并不是尼禄式的残酷。当罗马燃烧的时候还有人唱歌那简直是无耻！可是这里没有任何东西燃烧，相反，人们正在建设某种东西。三伙泥瓦匠投身工作，在脚手架的高处此呼彼应。请不要禁止我们在工地上巡视一番、说些和解的话吧。

* * *

（伏尔泰写到，）有许多文人并不是作家，他们大概是最幸运的人。他们不会遭遇作家职业时常引起的反感、对

---

① 若米尼（Antoine-Henri Jomini，1779-1869 年）：瑞士将军，军事作家。

立所引起的争吵、偏见和错误的判断所引起的敌意。他们更受社会的喜爱。他们是仲裁者，别人要受他们的裁决。

他们是仲裁者，也就是说，他们是批评家。他们甚至是绝无仅有的真正的批评家，既然那些写作的批评家（他们会受到伏尔泰所列举的所有不幸的侵扰）之所以写作乃是为了让人看、让人做出评价，因此是让人批评的。但是这些批评家并不写。他们不写怎么能进行批评呢？嘿嘿！他们用嘴。自发的批评，公众的批评，原则上说来，是一种口头批评。

从这种自发的批评出现了另外两种批评。如果布伦蒂埃的影子用恶狠狠的目光望着我们的话，我们为了安慰他，会对他说，文学的所有体裁都是这样演变的，都是从语言过渡到文字。圣伯夫，当他对批评的性质和目的疑问最多的时候，曾在《月曜日漫谈》的第一卷里这样写道：

> 巴黎真正的批评是在谈话中进行的。批评去征求所有意见的投票，然后对投票做一番巧妙的统计，就会得到最为完整和最为正确的结果。

请记住这句话：巴黎真正的批评是在谈话中进行的。实际上，当我们考察过去的批评的时候，我们看到，每当某处存在着一种谈话艺术的时候,我是指在上层社会中自发而文雅地应用着的艺术,真正的批评就不远了。批评的杰作肯定不是今天才有的,有一本书用希腊文写成,距今很快就有 24 个世纪了,它就是柏拉图的《斐德若篇》。可是,《斐德若篇》是产生于苏格拉底式对话的精华。蒙田《随笔集》里的某些章节也应该被列入批评最优美和最清新的作品之中。可实际上我们不知道蒙田是否是一个很健谈的人;我们只知道,在他那个时代,在他的家乡,谈话的艺术还没有达到十分高雅的程度。但是《随笔集》究竟是什么呢,如果它不是出自这样一个人之手的一本书的话?这个人早早就失去了他真正能与之交谈的唯一的朋友,在乡间过着与世隔绝的生活,所能见到的唯有女人们严肃的脸和相当粗俗的邻居。但他受着需要与人交谈的折磨,他需要同别人随便谈点儿什么,而不是谈一个固定的主题,尤其需要谈谈他自己,即严格意义上的谈话,他像弥达斯[①]的理发师一样,在蒙田[②]乡间的土地上挖了一个坑,把秘密告诉这个坑,结果这个坑里长出了芦苇,它们今天用极为不同的方式和我们进行交谈,是

[①] 希腊神话中的佛律癸亚王,曾为阿波罗和玛尔绪阿斯的比赛做评判,因为他判玛尔绪阿斯获胜,阿波罗使他头上长出了两只驴耳朵。他怕羞,把耳朵藏在帽子底下。他的理发师却按捺不住,在地上挖了一个坑,把秘密告诉了坑。结果坑中很快就长出了芦苇,芦苇一边摇晃一边说:"弥达斯王有两只驴耳朵。"

[②] 蒙田生于蒙田城堡,此地今天被称之为圣·米歇尔·德·蒙田镇。

否真的保存了原话的含义呢？17世纪，伴随着真正的谈话产生了真正的批评，批评起初与谈话混淆在一起，后来才与之分离。在一个有好的谈话的地方，也有好的批评。

因此，好的批评是从好的谈话中出来的，好的批评终于出现了，但我们目前所关心的是那还没有出来的批评，那仍然是口头上的批评，即人们可以称之为"批评的母液"的那种东西。这不是随便什么人的谈话，而是那些能够读书和能够做出判断的有教养的人的谈话。他们谈什么呢？圣伯夫所说的"征求所有意见的投票"能告诉我们什么呢？圣伯夫在另外一个地方又说：

> 批评家只不过是公众的秘书，但他不是一个听候指示的秘书，他每天早晨推测、整理和草拟所有人的思想。

一个秘书，一个推测的秘书，一个每天早晨都要进行推测的秘书。这一切颇为单调平常，它把我们非常被动地置于现实的进程之中，没有过去，没有传统，没有背景，也没有当圣伯夫拒绝只局限于充当公众秘书的角色时所带给批评的一切。然而正是这种自发的批评，这种有教养者的批评，这种口头批评，针对现时，针对现时的文学。自发的批评与对同时代人、同时代作家的批评混淆在一起，它跟随后者运

动,像影子随着身体运动一样。朱尔·勒麦特尔[①]写道:

也许只有以离我们相当远而又与我们本人毫无关系的作品为对象的批评才是名符其实的批评。并且它应该针对某些巨大的体系,这样我们才能抓住单独作品之间的正确关系。逐日的批评,对昨天刚完成的作品的批评,不属于批评而属于谈话,这些话不值得重视。

请记住,这段话是写在一本名为《同时代的人》的巨著的第七卷里。难以想象朱尔·勒麦特尔认为他的这七卷书是不值得重视的话。正相反,他不厌其烦地说,他只对同时代的人感兴趣,萨尔杜[②]的《祖国》比《贺拉斯》[③]更令他感动!可实际上,对过去作品的批评和对现时作品的批评所发动的不是同一架机器和同一种机制,它们不要求同样的性能,总体来说,获得成就的也不是同一人员。对昨日和今日作品的批评,这的确属于谈话,但我们不要下"这些话不值得重视"的结论!这只不过是一部有关同时代的人的作品的

[①] 朱尔·勒麦特尔(Jules Lemaître, 1853-1914年):法国作家,《同时代的人》是他的作品之一。
[②] 萨尔杜(Victorien Sardou, 1831-1908年):法国剧作家。
[③]《贺拉斯》是高乃依1640年的作品。

行动曲线,这也许是一种临时的判断,但它并非可有可无,它应该成为作品的一部分。对历史的批评本身也不能对此麻木不仁。《熙德》受到公众的热烈欢迎,却遭到了作家和批评家的反对,《包法利夫人》除了程度不同外,也有类似的遭遇,这一事实对批评历史、研究高乃依和福楼拜的批评家来说,不会让他们觉得可有可无。托马斯·高乃依①的《底里达特》所引起的使这出戏成为 17 世纪最为成功的戏剧的沙龙谈话,对一位研究文学史的人来说,不会不值得重视。一部作品的成功或失败,犹如命运的面孔,与作品紧密相关。现时的批评,口头批评,有助于改变这一面孔,它在现时对于作者,犹之于将来成为历史时对于历史学家,占据着一个重要的位置。

1831 年,即《月曜日漫谈》问世二十年之前,圣伯夫在一篇著名的文章中区分了这两种批评,马赛尔·普鲁斯特②和我对这篇文章有截然相反的意见,差一点儿因此打了起来。

(圣伯夫写到,)绝不应该设想批评的职责和作用只是单纯地在伟大艺术家的身后亦步亦趋,追踪他们光辉的

---

① 托马斯·高乃依(Thomas Corneille,1625-1709 年):法国作家,系另一个高乃依的弟弟。
② 马赛尔·普鲁斯特(Marcel Proust,1871-1922 年):法国作家,《追忆逝水年华》的作者。

足迹，收集和整理他们的遗产，用一切可以抬高他们身价的东西装饰他们的殿堂……还存在另外一种批评，它更为警觉，更为关心现时的声音和生动活泼的问题，就某种程度来说，它装备更为轻便，它向同时代的人发出信号……它应该指定它的英雄、它的诗人，它应该依附于它喜爱的人，用它的爱关心他们，给他们劝告，勇敢地向他们呼喊光荣和天才的字眼（这使见证人大为愤慨），羞辱他们身边的平庸之辈，像军队的传令官一样高声为他们开路，像侍卫一样走在他们战车的前方。

正是这段话使圣伯夫受到了一次极为辛辣的嘲弄。海因里希·海涅[①]抓住这段话在维克多·雨果面前把圣伯夫比作走在达尔福尔[②]的素丹前面的边走边喊的贩子："瞧，水牛来了，真正的纯而又纯的水牛的后代，别的都是普通的牛，这是唯一真正的水牛。"所有的作家都梦想着能有一个这样理解他的批评家。我不知道圣伯夫对这些牛的比喻做何感想，但他很快发现两种批评是不能共存的。在《同时代人的肖像》中试用了第一种批评之后，他便将它抛弃而换上了另一种。总之，他这样做是对的，因为他正是在他所从事的历史批评家、波

---

① 海因里希·海涅（Heinrich Heine，1797—1856 年）：德国诗人。
② 苏丹西部山区。

尔-罗雅尔修道院派和古典主义作家评论家的职业方面成为一头真正唯一的水牛，而我们在这方面只不过是普通的牛罢了。

*　　*　　*

对同时代人的批评，这个从口头批评、从谈话中直接挥发出来的东西，即使我们牢记着朱尔·勒麦特尔和他的《同时代的人》，我们难道可以说它果真也产生了它的水牛，组成了一个可以使纯粹的批评家发展和成长的环境吗？

我们必须承认它在自身领域的优越。这是事实，那种犹如教授式的批评，知识分子气息过浓，过于咬文嚼字，过于受到历史的束缚，对新作品来说，对新作品得以存在的理由本身，即有别于过去来说，显得有些笨拙和有欠灵活。因此这里恰恰需要这种灵敏的、坦率的、自发的批评，这种令人惊奇和赞赏的新生的批评，将与新生的文艺作品为伍。这种批评，在1831年曾受到圣伯夫的年轻的热情的推崇，作家为它而创作，因为它的青睐即使不能给他们以光荣，至少可以给他们以成功。但请不要认为这种批评因为是自发性的，便比书卷气的学识渊博的批评容易。儒贝尔[①]曾说："在我看来，成为一个现代人要比成为一个古人困难得多。"往往是为

---

① 儒贝尔（Joseph Joubert，1754-1824年）：法国伦理学家。

了否定什么，出于软弱或者无力适应和前进，人们才转过身去研究和欣赏历史。重读一下朱尔·勒麦特尔为《古书》所写的那篇绝妙的前言，可以说，它即使不表明作者的趣味僵化得可以，至少表明他放弃了也许只从表面和姿态上表现为追随时代的思想，他想让这种思想无限地时髦，结果却使它变得无限地守旧。无论是关系到现代人还是古人，对于一个批评家来说，聪明的办法是不要像《巴黎生活》①中的贡德玛克男爵那样，不要死抱着某一方不放，或者只是偶尔为之，每月一次——semel in uno mense ebriari 即可。不过，总而言之，儒贝尔的话是对的。没有什么比成为一个这样的现代人更难的了：他不像古人那样，在因循旧习中生活，他是一个思想谨慎而精细的现代人，能够感觉和领略他的运动中的时代及其最直接的多变的实质。圣伯夫在晚年发现成为一个现代人太困难了，于是他像在波尔-罗雅尔修道院找到一个藏身之地一样地躲进了历史。

* * *

自发的批评的作用是使书籍被一种现代的潮流、现代的

---

① 奥芬巴赫（Jacques Offenbach, 1819-1880 年）的歌剧。

新鲜感、现代的呼吸和现代的气氛所包围，它们通过谈话形成、沉淀、蒸发和更新。然而这种谈话式的批评要冒多种危险，并且很快走上了绝路。

首先让我们想想伊索是怎么说的吧。他说语言是世界上最好和最坏的东西。当它代替了其他的一切的时候，如同在议会里为说而说一样，它就是最坏的东西。就批评而言，即使是口头批评，说还是次要的。首先必须读，然后才能谈论你读过的东西。

文学的正常状态得以建立，几乎一边是作家，一边是有道德的、有修养的、有耐心的读者。但是人们能够设想，一本书可以不到读者手中，并且没有读者的书还为数不少。人们却无法设想有哪一种批评不是来自读者。但这正是口头批评有时所发生的情形。由于不读书这种批评很快地变为沉寂或令人失望。首先它只注意新书，那些需要它和由它加以鼓吹的著作。正是这些新书，当人们没有时间阅读的时候，他们又不甘心保持沉默，他们于是通过和那些读过的人交换意见，找到了可以不读而加以评论的办法。事情是否有很大的改变呢，自从圣伯夫七十年以前写下这一段话之后？

我们应该知道，眼下的大多数人都忙于社交和经商，他们不读书，换句话说，他们只读他们认为必不可少的非读不可的东西,仅此而已。至于这些人的所谓幽默感、欣赏趣味和爱好文学等等,他们有一个非常简便的来源:他们装出好像读过的样子。他们谈这谈那,评论书籍,仿佛行家一般。他们进行猜测,听别人议论,做出选择,然后通过从他人交谈中听来的意见确定自己的看法。他们于是提出自己的看法,因此也终于有了自己的看法。

这种口头批评的另外一个危险是集团主义。沙龙里的批评,小团体里的批评,其趋势是变成派别的批评。斯汤达说:"为了受到某一派别的赞赏,只需重复这一派别所憎恨或喜爱的老生常谈就够了。"对于作家来说,这里存在着一个巨大危险,特别是在今天,那就是人们和派别都希望听到老生常谈,他们只给予他们听惯了的老生常谈以荣誉或者反响。因为老生常谈是别人谈过了的,所以写起来也最容易,人们不难想象其诱惑力之大……此外我们应该看到,这种危险并不是口头批评所特有的。职业的批评也欢迎站在它的战旗底下的人。所有的批评,像所有的艺术一样,都有它们的自动滑坡。它们应该知道这一点并且做出抵抗。

最后,口头批评比其他批评更难以避免后人难以容忍的判断错误。它表达的是时髦的趣味,而时髦的趣味不仅有它难以预料的变化和荒唐,并且还顽固地顺着某些危险的斜坡而下,使这些倾向成为一种牢固的传统。站在对立的立场上用最为怀疑的眼光衡量这种批评的布伦蒂埃不无道理地这样说：

> 在我们的全部文学史中，在我国作家里面，那些女人所钟爱的作家，那些受到上流社会所欣赏的作家，我必须再说一遍，由于缺少像帕斯卡尔和博叙埃这样的作家——我原谅他们根本没有教规观念——既不是高乃依，也不是拉辛，更不是布瓦洛、莫里哀，也不是伏尔泰和孟德斯鸠，而是瓦蒂尔和邦斯拉德、基诺、拉莫特和丰特奈尔[1]，一些附庸风雅的时髦之士。

就算是这样吧。但是我们不要忘记正是上流社会特别是女人造就了卢梭、夏多布里昂和拉马丁早年的荣誉。他们强迫批评家和作家承认他们，不管这些人愿意与否。布伦蒂埃带着怒气又说，拉辛和莫里哀为了讨沙龙和女人的喜欢，有时很浅薄。上帝！如果您首先让作家去掉讨别人喜欢的愿望，然后再让女人和男人也去掉讨别人喜欢的愿望，您以为您的拉栖

---

[1] 布瓦洛（Nicolas Boileau-Despreaux，1636-1711年）：法国作家。瓦蒂尔（Vincent Voiture，1597-1648年）：法国作家。邦斯拉德（Isaac de Benserade，1613-1691年）：法国诗人。基诺（Philippe Quinault，1635-1688年）：法国诗人。拉莫特（Friedrich de La Motte Fouqué，1777-1843年）：德国作家、剧作家。丰特奈尔（Bernard Le Bovier de Fontenelle，1657-1757年）：法国作家。

第梦①式的共和国就会变个样子？当然了，不能因为要讨别人喜欢而不择手段，但是在一种文学中，假如人们不是想方设法讨人喜欢，甚至像布瓦洛所说的那样，哪怕他是一条蛇或一头丑陋的怪物，这种文学难道还能称之为"法兰西文学"吗？

* * *

显然，当我们说"交谈式的批评"和"口头批评"的时候，我们只是给予它一种理论上的存在。只是当历史的某些曲折使它得以被文字记录而又不失其原来的坦率和新鲜的时候，它才开始在文学上存在。我知道得很清楚，一个性质极纯的批评家不会提笔，不会自动成为作家。否则台斯特先生②会成为一个胜过圣伯夫的批评家。可是台斯特先生不仅不写，也不读书。绝对的批评家不会成为作家，也不会成为读者，他因而不会成为批评家。这种理想化的批评和"幸运儿的衬衫"是一类东西，我们还是不要绝对化吧。

首先，最为纯粹的口头批评、纯交谈式的批评有迹可

---

① 古希腊城市斯巴达的别称。

② 法国作家瓦莱里（Paul Valéry，1871-1945 年）于 1927 年发表的作品汇编，书名即为《台斯特先生》。

循，并且有像里瓦罗尔①在谢纳多莱②面前所施放的批评焰火一样炫目的光辉的足迹。在回忆录里、通信里、日记上、有关法兰西文学的信息中，存在着某种类似《龚古尔兄弟日记》③的东西，它已经没有中断地延续三个世纪了，我们的历史学家可以在活跃的时代舆论中寻找文学作品的倒影。

其次，自发的批评并不只存在于交谈和对话之中，它还存在于语言的代用品，诸如通信、日记和私人手记之中。我们在上面曾经说过，自发的批评本来可以被列入像蒙田的《随笔集》这样的文学篇章里。相反，塞维尼夫人④的书简，杜德芳夫人⑤的书简，儒贝尔的笔记，阿米艾尔的《日记》，每当它们就文学问题发表意见的时候，我们也可以说，它们代表着口头批评。

最后需要指出的是，有一种自发批评的形式现在几乎淹没了其他所有的批评，这就是报纸的批评。人们可能会感到奇怪，我为什么没有把这种批评列入职业的批评，何况两者之间的界限很难划分：毫无疑问，对三种批评加以区分是再

---

① 里瓦罗尔（Antoine de Rivarol，1753-1801 年）：法国作家、记者。
② 谢纳多莱（Charles-Julien Lioult de Chênedollé，1769-1833 年）：法国诗人。
③ 法国历史上的文学家龚古尔兄弟生前留下的长达 22 卷的日记是研究法兰西第二帝国和第三共和国社会生活及文学界的宝贵资料。
④ 塞维尼夫人（Madame de Sévigné，1626-1696 年）：法国散文家，以《书简集》传世。
⑤ 杜德芳夫人（Madame du Deffand，1697-1780 年）：以沙龙闻名。

好不过的了，但一旦加以区分，还应该将其打乱。圣伯夫的《月曜日漫谈》是职业批评的典范，却出现在一家日报上，而一个记者最出色的批评完全可以出现在一本杂志或一本书里。我所说的报纸的批评，是指对当日著作的批评，这种批评符合当日的精神、当日的语言，带有当日的气质，带有让人愉快地迅速地读完所必需的一切，它所表达的是当日的思想，但形式却变幻无常，给人一种新思想的错觉，并力图避免一切学究气息。对当日作品的谈论已经不是在沙龙里而是在报纸上了，报纸本身也正是当日的作品，一个只存在二十四小时或十二小时的作品。

请注意，批评的真正职业工作者，那些知识丰富的人，教授们，很少能在这种每日批评中获得成功；或者假如能获得成功，他们也要使之带上一种反动精神，把对现实的批评转而变为对历史的赞颂和怀念。工作分工在这里就是如此明显。新闻这种职业并不是每个人都能一试的，我指的是这种每日新闻，其中有它独特的技巧。而新闻记者的批评也是一种职业，并非所有批评家都能胜任愉快。

报纸批评家，当日批评家，为了被阅读而写，但他写的东西几乎没有人读第二遍。他的批评受他所关心的作品的左右，这些作品十之八九不会有人在几年之后甚至几个月之后重读。很多人会扬起胳膊说，许多时间和纸张被浪费了。他们错了，他们的错误就在于把文学的历史和文学的现实混淆了。文学的历史，是指残留到现在的几本书。文学的现实，是许多书，由书组成的滚滚流淌的河流。为了有历史，必须有现实。为了有历史的回忆，历史也必须曾经是现实，即某些东西从中保存下来，伴随、围绕和掩盖这些东西的各种感觉和认识表面上看来仿佛一无所存，但它们应该确实存在过才能使某些东西留下来。法兰西悲剧留下了什么？高乃依和拉辛。但是为了能使高乃依和拉辛得以存在，悲剧体裁必须是有生命力的体裁，必须有几百个悲剧被创作出来，它们必须有观众，观众还必须感兴趣，不管有道理与否。此外还需要有一种每日的批评伴随着文学每日的生命。

我知道，有些人会设想一种只局限于杰作的文学，一种令中等和低能的作家望而生畏的脸色阴沉的批评，它会对他们说："还是当个泥瓦匠吧。十年以后，没有任何人再去谈论你们的书，但是一百年以后你们的孙子会念你们的好处，住在你们建造的房屋里。"首先，泥瓦匠所留下的记忆肯定比一个蹩脚作家留下的少。其次，而这一点尤为重要，如果不是由很快就默默无闻的成千上万个作家来维持文学的生命的话，便根本不会有文学了，换句话说，便根本不会有大作家了。善意的然而帮倒忙的批评家，像帮倒忙的熊打死苍蝇一样，会将普拉东①置于死地，但他同时也会将拉辛置于死地。

当日的批评，追踪当日的作家，评论他们，按照当日的观点，使用当日的语言来评论他们，因而有助于给每日以生命。一年的生命就是由这样的三百六十五日的生命组成的，而一个世纪的生命也是由这样的一百年的生命组成的，包括令所有高等学府、学士院和文学史家大为折服的四个古典世纪之一的生命。生命是一天又一天地延续的，它是由时间的绵延组成的，对柏格森②所做出的形而上学的解释无须害怕。

因此，不应该把古典的批评精神置于自发的批评中，置于新闻记者的批评或者更正确地说每日批评中。古典的批评涉及的是已经做了分类的过去的文学界，每日的批评针对的是还没有进行分类的现时的文学界，其作用是感觉现时、理解现时、帮助现时自我表达，而不是立即着手进行分类，也不是根据历史的观点校正自己的位置。分类是水到渠成的事情。人死不需要帮助，但是必须有产婆帮他们出生，有不像产婆那样能干的女人帮他们生活，有医生推迟他们的死亡。如果您不帮助现时丰富的物质出生，不帮助它得以表现，现时的一部分就有在壳内干枯的危险。人人都知道，当皮埃

---

① 普拉东（Jacques Pradon，1632-1698年）：法国诗人，他曾与拉辛有同名作品《费德尔》，同时上演。

② 柏格森（Henri Bergson，1859-1941年）：法国哲学家。

尔·勒鲁①向比劳兹②建议写一篇有关上帝的文章时，比劳兹给了他怎样的回答："这没有现实意义！"无论从他的职业观点来看还是从理智的观点来看，比劳兹的想法都是对的，理智的观点是不要和邻居从事同一种职业。勒鲁可以去和一个不关心现实生活的还穿着9世纪的袍子每天早晨去说弥撒的天主教教士谈上帝。

谁能否认呢，现实的观点会使每日的批评犯错误。同另外两种批评相比，它的先天性错误和培根所说的那种偶像崇拜并不少。但我们必不可少的错误，是我们自己，我们的生命，这样说并不等于我们不要改正这些错误。细菌会夺去我们的生命，但是在让我们生活了一段时间之后，这是很重要的，用精心消毒的蔬菜喂过的兔子只能活几天。每个批评家所独具的错误是他素质的组成部分，同时控制着他的生命和死亡。

我拿《巴黎杂志》1839年刊登的这段话作为例子来说明。它出自当时批评界的泰斗朱尔·雅南③之手。让我们看看这位号称泰斗的人物是如何评论他的时代的小说家的：

> 我将回答你们：巴尔扎克先生不是小说家之王；现代

---

① 皮埃尔·勒鲁（Pierre Leroux，1797-1871年）：法国政治家、哲学家。
② 比劳兹（François Buloz，1803-1877年）：法国记者。
③ 朱尔·雅南（Jules Janin，1804-1874年）：法国作家。

033

小说家之王是一位女人，一个伟大的思想家……（我跳过几行有关乔治·桑的极为夸张的评语）。然后是好几个小说家，他们有时在巴尔扎克身边，有时在他后边，也有时在他前面，和他一样，极为鄙夷地看着社会及其种种情态，他们都是勇敢而多产的作家。巴尔扎克先生的哪一部作品能比《魔鬼的回忆》①更充满曲折和更为情节跌宕呢？巴尔扎克先生的哪部小说能超过贝尔纳②先生的《四十岁的女人》呢？巴尔扎克先生什么时候使讽刺超过了欧仁·苏③的限度？难道就笔调清新的描绘，就轻声吟唱的春光，他一点儿也没有留下比阿尔方斯·卡尔④一时心血来潮更可取的东西吗？

这种由于角度不同所引起的错误，这种把巴尔扎克与我们不再读其一行文字的各式人物的混淆，令我们难以容忍，然而我们也会使八十年后读我们作品的子孙后代同样对我们难以容忍。任何一位批评家，在谈论同代人的时候，无不把那些将留下的和那些将消失的置于同一角度之下。即使布瓦

---

① 法国作家苏里埃（Frédéric Soulié, 1800-1847 年）的作品。
② 贝尔纳（Charles de Bernard, 1804-1850 年）：法国作家，他的作品《四十岁的女人》与巴尔扎克的一部作品同名。
③ 欧仁·苏（Eugène Sue, 1804-1857 年）：法国作家。
④ 阿尔方斯·卡尔（Alphonse Karr, 1808-1890 年）：法国作家兼记者。

洛也是如此，他把泰奥菲尔·德·维奥①扔在坏人堆里，而把瓦蒂尔和塞格雷②放在好人一边。看看朱尔·勒麦特尔在《同时代的人》里所写的拉布松和格勒尼埃们吧。布伦蒂埃大肆攻击波德莱尔一文被收进一本集子，恰好与一篇极尽吹捧的文章排在一起，在后文中，埃尔莫·卡罗③被尊为圣人。但我们不能做只看见前人黑而看不见自己黑的乌鸦。任何一个从事新闻记者的批评和对身边的作家进行批评的人，必然会遇到这种角度混淆的问题。戴着眼镜的缪斯（这是安德烈·比利④的说法），她的眼镜片上便是一片模糊。再说一遍，现时的角度不是历史的角度，这并非坏事。我们的现时处于历史的永恒之中，只有目前的时刻才是现时。让我们保护它的特点吧。如果有一位超人的批评家出现，他能够现在就完成后人所做的分类，显然我们不能让他活下去，否则他将毁灭文学。我们不要期望在能找到橡栗的地方找到南瓜，反之亦然。无论人们怎么说，建造了世界的造物主知道他应该怎么做。阿纳托尔·法朗士⑤曾在某处赞扬法兰西学院是一种漂亮的混合，既有优秀作家，也有才华不那么突出的文学家。的

---

① 泰奥菲尔·德·维奥（Théophile de Viau，1590-1626 年）：法国诗人。
② 塞格雷（Régnault de Segrais，1624-1701 年）：法国诗人。
③ 埃尔莫·卡罗（Elme Caro，1826-1887 年）：法国哲学家。
④ 安德烈·比利（André Billy，1882-1971 年）：法国作家。
⑤ 阿纳托尔·法朗士（Anatole France，1844-1924 年）：法国作家。

确,他这样说过,假如法兰西学院接纳的是四十个最优秀的作家,对于那些没能进入学院的人来说未免过于残酷了。如果情况恰好相反,优秀作家则可以向别人表明,像他们这样的人进入学院是光荣的,而那些冒牌院士则使您看到,过酸的葡萄的确是酸葡萄,它们还没有成熟就腐烂了。

决定一个人名声的当日批评首先写的是草稿,经过一系列修改,草稿才能变为给予荣誉,或更正确地说,记录荣誉的批评。有些人认为把时间用在草稿上纯属浪费,应该一着手就是定稿。从道理上说他们一点儿不错,但实际上,经过草稿阶段的定稿通常优于没有草稿的定稿。生命就是不断延续的时间。把老人的长处强加于青年人,并不能使他们真正到了老人那一天而变得聪明起来。经验告诉我们,一个人,当他二十岁过于聪明的话,到了六十岁一般来说会变得相当没有理智。

* * *

难道我是在对每日批评、对文学专栏做过分的赞扬吗?难道我是在掩盖它的缺点吗?完全不是。但是我所指的缺点有严格的意义:我是指这种批评感到力不能支、手足无措而不得不让位于另外一种批评的那些地方。我并不隐瞒朱尔·勒麦特尔的这些话包含着某些真理。新闻工作中,"重要的是迅速出击。根本无须去关心思想是否正确、感情是否公正、说法是否贴切。况且没有时间思索。人们永远无法知道新闻业对19世纪造成了多么可怕的伤害"。请注意，勒麦特尔并且还说，他因为被迫使他的思想具有报上文章的形式和模样而受益颇多。原因很简单，报纸和每日批评，属于谈话，是固定了的对话。如果您是热爱书籍的人，特别是如果您酷爱古书，您用书籍的观点去衡量它，那您就落伍了，您成了和那个询问《阿达莉》①证明了什么的数学家一样的人。勒麦特尔的话是对的（不应该夸大，他本人作为新闻记者，说"迅速出击"显然有些夸大），就某一单独报纸的某种观点而言，因为人们在报上写文章是为了支持某种派别的观点。但是一份孤立的报纸，乃是一种抽象的东西，并不存在。有的是各类报纸，即等于说，各种不同的人，迅速出击，表达最为对立的观点。这些观点因为相互对立，所以能更好地意识它们各自的存在，与此同时，它们互相抵消。早晨浏览十余份法国及外国的报纸，并不是时间的浪费。您会从中得到相对的认识，即您上了一堂智慧课。但是这堂智慧课是由智者讲授的吗？根本不是，讲授这堂课的是某些党派分子、狂热分子，有的还是一些疯子。法盖说得很正确："在新闻工作

---

① 拉辛1691年的戏剧。

中，所有的方式都是好的，只有蒙田的方式除外。"法盖没有说错。一张报纸可以叫《费加罗》或《伏尔泰》，但人们肯定看不到这个名字：《蒙田》！《我无所不知》而不是《我知道什么?》，前者是一本杂志的好标题。因而表面看来，法盖的话比勒麦特尔的话更残酷，它表明：在新闻工作中，一切胡言乱语的方式都是好的，只有富有理智的方式毫无意义。可是实际上，即使蒙田没能在新闻业的数据上出现，他毕竟在新闻业的结果里占有他自己的位置。蒙田的智慧无须表现在报纸上，因为这是一种活跃的智慧，是读者本人必须去积极体会的智慧，读者一边听着许多报纸的对话，一边将从这种对话中接受一堂讽刺课和怀疑课的教育。

是对话而不是独白，请不要把我对对话的议论算在独白的账上。智者恐惧只读一本书的人。我们对只读一种报纸的人说些什么呢？几乎所有的人都是只读一种报纸的人。——您所指的智慧课难道是为几个业余爱好者所设吗？——我们应该统一一下认识。不同报纸的大量存在有益于社会的智慧，正如大量地阅读不同的报纸有益于为数不多的爱好书面谈话的人的智慧一样。一份极右报纸的读者，像一份极左报纸的读者一样，不久便会成为狂热分子。因此他们各自的报纸并没有给予他们任何智慧，他们完全可以抛开他们的报纸，它在生活里没有多大用处。但是右派报纸对左派的狂热分子来说，却可以强迫他保持某种程度的明智，它制造了一种阻挡他上街的力量。左派的报纸对右派狂热分子也起同样的作用。可是左边和右边并不都是狂热分子，还有温和的左派和温和的右派。因而对话增加。对话在增多的同时形成了一种票据交换所，在这里，互相对立的意见，犹如互相借贷所形成的私人债务一样，相互抵销了。这种抵销只不过是一件大工程的初级阶段罢了，这件大工程包括经济交流活动和精神交流活动。经济交流的大规模活动由无数的私利、敌对的贪欲及多头对空头的投机的积累和抵消所组成。精神交流的大规模活动，几百家国内报纸和几千家外国报纸（其中既有善良的泰阿泰德①，也有愤怒的特拉叙马科斯②）的苏格拉底式的对话，聚集了与智慧和理智完全背道而驰的思想，调动了所有的狂热和仇恨，并且在调动它们的同时，又使它们互相抵消。因此它释放出有益的东西，消灭了有害的东西，当然是在一个不可避免地最后要有污垢堆积的肌体能够消灭这些有害东西的条件下。智者从中获得智慧。有一个人却比智者更富智慧，这就是整个的人类，是永恒的攸利赛斯③的动荡

---

① 泰阿泰德（Théétète，约公元前417-前369年），希腊数学家。柏拉图写有对话，题为《泰阿泰德篇》。
② 特拉叙马科斯（Thrasymaque）是公元前5世纪的希腊诡辩家，著作已佚失。
③ 即奥德修斯，希腊神话中的英雄。

的、苦难的和敏锐的灵魂：假如我们发现它没有和我们获得同样的智慧，让我们拉它一下，使其能与我们为伍……

* * *

也许有人会认为我有点儿离题了。其实并非如此。新闻式的批评，即按每天的文学产品来塑造自己的批评，是与我上面试图描绘的规律相一致的。它是就当日产品所进行的对话，所谓对话自然是多种声音。当人们只注意这种批评的弱点和不足的时候（另外两种敌对的批评总忘不了这样做），他们恰恰对这个多种声音充耳不闻。一个批评家是以自己的气质，以自己在文学、政治和宗教上的好恶来判断同时代的人的，他尽可能地把这些变为一种权威的方式。但你之所好就是我之所恶，因此有对话，有运动中的批评，特别是有对批评家的批评：如果批评对作者来说是有益的，那么它更应该对批评家本身有益，如果他们被剥夺了他们给予别人的好处，那未免有失公允。我们还应该补充说，假如我们不是从这种批评的内部对话来考察它而是把它视之为一个整体的话，它本身则受到另外两种批评的限制、制约和批评，而对这两种批评，它也还以同样的作用。

为了把事情说清楚，我们应该记住，自发的批评和职业的批评，对对话的批评和对书籍的批评，如果应该就其性质和方向进行区分的话，它们实际上的区别并不那么明显。我们只能说，一种涉及的是已经分类的即过去的文学，另一种涉及的是没有分类的现实的文学。可是现实的文学批评也并非完全没有分类，它并非无所不谈，它围绕着某些作家，遵循着某种方向，只有它愿意或受到批评对象的强迫它才受制于现实。它只在一个特定的场合才受到真正和完全的限制，即戏剧批评。

* * *

自发的批评，专栏批评，我们认为这是口头批评，即圣伯夫所说的在谈话中进行的巴黎的真正批评的发展。口头批评，专栏，报纸，对话，我们看到了这些概念彼此连贯，有些概念诞生于另外一些概念，实际上它们之中的某些东西的确来自另外一些东西。但是一边是口头的、每日的、新闻式的批评，一边是它所评论的试图"永存于世"的书籍，在这两者之间，存在着某种误解、某种隔阂。书籍是一种持久的现实，它渴望一种持久的批评，愿意被置入一个持久的链条之中。与之相反，口头批评只有在表现语言的艺术中才能真正大显身手；所谓表现语言的艺术，一个是雄辩，一个是戏剧。

首先，在雄辩和戏剧方面，批评无权再做出分类。它成为单纯的专栏，必须对现实亦步亦趋。所有的议会的专栏作者，无一例外，必须提及有资格的发言人在议会讲台上的发言。一个戏剧专栏作者无权拒绝召他前往参加一出蹩脚戏剧彩排的邀请，正如他无权拒绝军事当局的召见一样。他必须谈论这些，依靠议论或文字游戏为生的人必须在星期天晚上在剧场中拿出他的文章。

其次，对公众所谈问题的批评十分理解这种纯状态下的公众的批评，或者用圣伯夫的话来说，这种纯状态下的只是作为公众的秘书的批评家的批评。如同公众集会上的雄辩（所有的语言艺术都是兄弟艺术）一样，这种批评只有当它给河流带来水，即它说出了公众之所想的时候，才对公众产生影响。人们知道那些最为出色的戏剧批评家，诸如戈蒂埃[①]、勒麦特尔和法盖，他们只产生过极小的影响，他们受人之约而写的文章同他们的专栏文章的"各种运动"几乎不发生关系。只有一位戏剧批评家对公众有过真正的影响，他就是萨尔塞[②]。而萨尔塞的批评恰恰是一种口头批评，何况这种批评准确地表达了圣伯夫的定义：一个公众的秘书，一个每天早晨整理和草拟所有人的思想的秘书，不是所有人各自的思想，而是在灯

---

① 戈蒂埃（Théophile Gautier，1811-1872 年）：法国文学家。
② 萨尔塞（Francisque Sarcey，1827-1899 年）：法国戏剧批评家。

光下，在三个小时里，由一万五千人汇聚成一个截面的所有人的思想。显然萨尔塞理解戏剧批评职业严格有限的意义，即真正的口头批评的严格有限的意义。对一种职业来说，最好应该理解它严格有限的意义，这胜似一种大而无当和态度冷漠的理解，因为这样做的后果是容易与其他职业混淆。

产生于谈话和创立于沙龙的自发的批评最终像达到中心峡谷一样，演变为报纸的批评。它被犹如一个快镜摄影的报纸所占据。问题是它将如何自卫，面对着它的是报纸的演变、快速信息和快速阅读的要求、广告的侵入、出版商力图使文学产品美国化的努力。直到现在为止，它尚能自卫。我们可以经常听到批评没落的哀叹。这有些夸大，至少对于对同时代人的每日批评来说如此。如果说职业的和大学教授的批评作为一种审美和理论的批评遭遇到某种困难和有所减弱的话，这种减弱在很大程度上得到了文学史进步的补偿。戏剧批评越来越远离批评家、作家和公众，这倒是一个严重的迹象。戏剧批评过去在作家群里是最令人羡慕的，现在人们几乎不感兴趣了，"我从来不去看戏"，经常可以在文学界和上流社会中听到人们这样说。然而，报上对书籍的批评却没有衰落。这种批评不太考虑古典作家和法国传统，仿佛对他们不加理睬。现在报纸都是八版，但是找不到任何一份报纸愿意刊登类似圣伯夫的《月曜日漫谈》那样的东西；过去，一张四版的报纸因为登了它而大获成功（确实，如果他们的菜单上没有红酒洋葱烧野味这道菜，那是因为少了野兔，我们没有圣伯夫一类的人物）。相反，青年一代所带来的所有革新，所有能使时间长河上那唯一的一刻保持新鲜感的一切，所有那带着现实美好而脆弱的标记的一切，所有排除外来的优点和加工而真正属于自发的批评的一切，从来也没有受到过像今天这样如此密切的重视和如此热烈的欢迎。

职业的批评

　　自发的批评是由或者说应该由读者来完成，这些读者有的是谈论他们所读过的东西，有的是拿起笔来写，但他们还尽量保持着同语言的机智和灵活的联系。不过文学工作的分工很自然地会导致一种职业的批评的创立，对于这种批评，伏尔泰这样说道："我们看到，在致力于文学发展的现代国家里，有些人成为职业批评家，正像人们为了检查送往市场的猪是否有病而设立了专门检查猪舌头的人一样。文学的猪舌检查者没有发现一个健康的作家。"的确，在他的《关于高乃依的评论》中，伏尔泰所完成的恰恰是一份出自一位极为疑心的猪舌检查者之手的报告。

　　这种职业批评是怎样在现代国家里建立起来的呢？我无须在这里简述森茨伯里[①]先生的巨著《批评史》，也无须到希

---

① 森茨伯里（George Saintsbury，1845-1933 年）：英国文学批评家。

腊人中间去寻找批评的起源，去分辨它在文艺复兴时期的人文主义者中间所展现的面孔，更无须追寻比布伦蒂埃所设想的从维尔曼到布伦蒂埃本人复杂得多的演变过程。但是我们看到这种批评在19世纪成为一种教授的批评，有时为了贬低这种批评，人们才这样说，仿佛在教授的职业和批评家的自由中间存在着某种不可调和的东西。

* * *

伏尔泰所说的猪舌检查者早在17世纪就有了。在《熙德》上演的那年，黎塞留①想把一种类似的职业强加于法兰西学院，后者不得不违心接受，但仅此一次而已。不过类似的作用必须继续下去，时代要求有一个权威的批评家。权威在法兰西到处受人敬重。这在某种程度来说就是人们所说的17世纪的精神。文学权威的代表是夏普兰，一位了不起的人，他创建了人们所说的建议批评，我是指夏普兰所主张的批评乃是如何向作家提供有益的意见。批评家成为出主意的人，与流传的谚语相反，这位出主意的人并非局外人②，因为夏

---

① 黎塞留（Armand Jean du Plessis de Richelieu, 1585-1642年）：法国历史上著名政治家，曾任路易十三的宰相和枢机主教。

② 法文中有谚语云：出主意的人不掏钱，即因为事情与己无关，可以作为局外人，不负责任之意。

普兰在拟定作家年金名单时绝对没有忘记自己。可是一个出主意的人在批评领域是什么含义呢？是指了解准则的人。什么准则？体裁分类的准则。夏普兰所最为了解的准则，好像是史诗体裁，他不愿意让任何人利用这些准则。但是我们从开始就应该区分职业批评与自发批评之间的根本差别。自发的、口头的、公众的批评是以书籍和人为对象的。职业批评起初是针对准则和体裁的。我知道它在夏普兰之后会改变批评对象和扩展自己的领域，但它过去的原则总会留下一点儿什么。总之，它在布瓦洛时代还保留着原来的特点。如果我们不去理会布瓦洛的论战性著作，如果我们只考虑他对积极批评的贡献，我们可以看到，这一批评的对象，是了解不同体裁的性质、局限和准则，并使作家对他们的体裁有清醒的认识，正如使炮手和骑兵认识他们的武器、官员认识他的机关、宗教团体成员认识他的等级一样。布瓦洛，因为他思想博大、头脑清醒，因为他集批评家的冷静和艺术家的技艺纯熟于一身，所以在夏普兰失败的地方立住了脚跟。但是他的批评和夏普兰的批评一样，也是建议批评，批评家通过这种批评所欲照亮的不是已经完成的艺术之城，而是将要遵循的艺术之路，因此这是一种教育式批评，某种程度上的教授的批评。

另一方面，在17世纪末年和18世纪初年，我们看到文学被一种极为强烈的好奇心所革新。不是文艺复兴时期的那种对历史的好奇心，而是对现实的好奇心，因为正在蓬勃发展的法国文明的现实区别于过去所有的文明，仿佛成为某种具有吸引力的、有趣的和独一无二的东西，应该由它自己去注意、去欣赏，正如正在由它自己所体验一样。文学上就是成为一场运动的古人与今人之争。1684年1月27日，在法兰西学院的会议上，贝洛①还没有读完他的诗作《伟大路易的时代》，布瓦洛就愤而离去。这一场面，正如1789年7月14日之于政治历史，对批评家来说，标志着我们至今仍在经历的和我们的文学至今仍可得以立足的一幕戏剧的开始。从这一天起，便提出了现代人的问题，现在，我们仍就这个问题在教育领域和艺术领域进行争论。但在17世纪末期，这个问题之所以在热情的漩涡中沉浮，只是因为它与一种载着它而又难以容纳它的感情相联系，这种感情就是对现实的好奇，它使圣-西蒙②的天才获得生命（我认为，紧密联系时代的最好办法是使时代与当热③那一代人对立起来，当热在习惯上被人们视为文学的陨石），这种我们可以在拉布吕耶尔④著作的字

---

① 贝洛（Charles Perrault，1628-1703年）：法国作家。
② 圣-西蒙（Louis de Rouvroy, duc de Saint-Simon，1675-1755年）：法国作家。
③ 当热（Philippe de Courcillon, Marquis de Dangeau，1638-1720年）：法国回忆录作家。
④ 拉布吕耶尔（Jean de La Bruyère，1645-1696年）：法国作家。

里行间发现的好奇，使贝尔和丰特奈尔得以存在和写作，它在伏尔泰笔下瘦硬的火焰中，在狄德罗笔下晦涩的火焰中，爆发出夺目的光辉和震天的巨响。这种不带私利的、具有讽刺意味的好奇，远没有被拘谨和沉静的上一代人所了解，仿佛更应该在自发批评和口头批评中取得收效。的确，这是这种批评的黄金时代。但是与此同时也出现了职业批评，它更为轻灵、更为精细、更为自由、更为无私，它不再在夏普兰和布瓦洛的技术问题、法则问题和历史问题上进行纠缠。没有任何人比贝尔和丰特奈尔的继承人伏尔泰更能体现这种新批评的精神，也没有任何人比他能更好地撰写这种新批评的出生证书。

我们时代的一大好处就是，这批受过教育的人从解决数学的难题过渡到编织诗歌的花朵，他们可以同样地对一本哲学著作和一出戏做出判断。时代精神使其中的大部分人既能胜任社交，也能胜任书房工作。正是在这点上，他们大大超过了过去的人们。他们在巴尔扎克①和瓦蒂尔的时代之前，被排除在上流社会之外。后来他们成为上流社会必不可少的一部分。他们给学派留下了许多幼稚的争吵，

---

① 巴尔扎克（Guez de Balzac，1597-1654年）：法国作家。他并非那位无人不知的巴尔扎克（Honoré de Balzac，1799-1850年）。

这些过去是危险的争吵在他们手里变为可鄙的东西。这样做的结果是他们实际上为国家做了好事。人们有时会感到奇怪，为什么过去可以扰乱人心的东西现在不能再引起混乱了呢？人们应该感谢那些真正的文人，一般说来，他们的思想比他人更具独立性。

伏尔泰这里所说的文人，不是人们所说的那种搞创作的人，而是一些读书、对书籍做出判断和进行口头或笔头评论的人，总而言之，是指批评家。实际上，18世纪完全可以作为一个批评的世纪，哲学批评，宗教批评，美学批评，文学批评，等等。圣－西蒙有一个很正确的观点，后来被奥古斯特·孔德所接受，他认为历史上有建制的时期和批评的时期。17世纪就是一种建制的时期，18世纪则是一种批评的时期。这一时期的典型作品是诸如贝尔的《辞典》,《百科全书》和伏尔泰的《哲学辞典》一类的批评辞典，换句话说，就是从理性的角度出发对作品、舆论、人类的真理和谬误所进行的一次总结。因此，伏尔泰如此敬重的文人居主导地位的18世纪似乎应该成为一个职业批评的伟大时代。可事实并非如此。这个伟大的时代，应该等到19世纪。因此，这不仅是个具有历史意义的事实，它并且完全可以说明职业批评的性质和需要。

* * *

就职业批评而言，这个批评如此普及和如此强大的18世纪，只不过是一个过渡阶段罢了。伏尔泰大致确定了圣伯夫之前的古典文学的价值，但他所确定的几乎都是已经确定了的东西，他是一个出色的舆论秘书，他说出了有教养者之所想，甚至在有教养者还没有意识到他们有这样的想法的时候，他便说了出来。因此贝尔索①写到，如果说众人的思想超过伏尔泰，伏尔泰的思想仍然是众人的思想。但是这位舆论秘书占据舆论主人的位置的时机不对，对此他很英明地写道："不要说尼古拉②的坏话，这会带来不幸。"请你们注意一个把其价值强加于舆论的人，例如布瓦洛，和一个从舆论中得到其价值的人，例如伏尔泰，这二者之间的区别，当伏尔泰把这种价值还给舆论的时候，他已经做了巧妙的改造。浪漫主义批评在泰奥菲尔·德·维奥和圣-阿芒③的问题上得以打碎布瓦洛的判决，但在基诺的问题上，瓦蒂尔却根本没能打碎布瓦洛的判决。让我们现在来看迪博神父④、孟德斯鸠、狄

---

① 贝尔索（Ernest Bersot, 1816-1880年）：法国哲学家、作家。
② 指布瓦洛。
③ 圣-阿芒（Antoine Girard de Saint-Amant, 1594-1661年）：法国诗人。
④ 迪博神父（Abbé Dubos, 即Jean-Baptiste Dubos, 1670-1742年）：法国历史学家、批评家。

德罗（从另一个角度来说，狄德罗是批评界的伟大创造者），让我们来看马蒙泰尔①，这位《百科全书》的官方批评家曾经出色地提出了古典主义理性审美的原则，所有这些光辉的思想家均没能在职业批评问题上建立起任何可以持久的类似某种组织的东西。为了这种组织，我们应该去找拉阿尔普。

布伦蒂埃称拉阿尔普是这样一个人，"我只想把他归入这样的人里面，他们其中的大多数开开玩笑就认为表现出了他们思想的独立和开阔"。不管这一断语有多少夸大的成分，布伦蒂埃用这种"终于出现了马莱伯②"的口气来谈论拉阿尔普并视之为他认为唯一最重要的职业批评的创建者，并非完全没有道理。原因是这样的：

布伦蒂埃说："是他首先敢于把全部文学史浓缩为一个实体并使历史和对作品的评价同步前进。"他有幸"首先考察文学史的整个发展过程，从而深入其内部按其本来面目进行研究，而不做任何的增加，他最终通过这种办法为一种区别于他所进行的和更为广阔的批评打通了道路"。布伦蒂埃接着写道，于是批评"在布瓦洛时代变为教条的批评，在贝洛时代变为社交的批评，在伏尔泰和狄德罗时代变为审美的批评，最后在拉阿尔普时代变为历史的批评"。而我们认为，贝洛

---

① 马蒙泰尔（Jean-François Marmontel，1723-1799 年）：法国作家。
② 马莱伯（François de Malherbe，1555-1628 年）：法国诗人。

在其《关于古人和今人题外话》中做了理论阐述的社交的批评，伏尔泰的特别是狄德罗的审美的批评和拉阿尔普的历史的批评，这正是三种不同的批评，它们固然可以为分界发生争吵，但它们都有各自的领域，有属于各自的不许他人染指的猎区，我们称这三种批评为口头批评、艺术家的批评和职业批评。然而对于布伦蒂埃来说，前两种批评只不过是混乱而危险的试验而已，只不过是为第三种，即唯一的一种批评做准备而已。这正如博叙埃所形容的福隆德运动，经过阵痛之后，法兰西得以在路易们神奇的统治下降生。

《吕克昂》或《文学课程》，没有任何人读过，大家有许多理由不去读它，而布伦蒂埃肯定读过。为什么他这位职业批评的伟人要以《吕克昂》或《文学课程》开始他所代表和他认为由他来完成（他甘愿冒在他死后妨碍这种批评发展的危险，这会把我们拖进如同伊壁门尼德和克里特人[1]的推理之中）的真正的批评呢？他为什么要把拉阿尔普暗淡的批评看作是对伏尔泰和狄德罗的光辉的批评的一种进步，而后者至今还令我们赞赏和给我们教益？道理很简单，我认为，只有对这一道理着重加以说明，我才能让人们最彻底地理解职业批评的本性和特征。

---

[1] 伊壁门尼德（Epimenides，生活于公元前600年前后）：克里特岛上传说中的诗人和哲学家。克里特：希腊岛屿。

* * *

请注意拉阿尔普巨著的双重标题:《吕克昂》和《文学课程》。首次,一位教授,带着一本由为了讲课而撰写的和为了保存所讲东西的记忆而发表的讲义所组成的书,进入文学批评领域,甚至文学领域。在此之前,只有一种东西与这样的环境和这种技术相适应,就是讲道。拉阿尔普的课程恰好相当于讲道的非宗教化。喜欢听演说家就其所熟悉的题目做逻辑缜密、坚实有力的演讲,这种需要对有修养的人们来说是很自然的(雅典的语言风格围绕着李西亚斯[1]结晶,正如拉丁文学围绕着西塞罗[2]结晶),尤其是对古典时期的法国人来说更是如此。但是直到 18 世纪末期,这种需要在哪里能得到满足?在教堂里而不是其他的什么地方。没有议会的雄辩,法律界的雄辩遭遇了失败,也不存在大学的雄辩。在巴黎大学的各个学院里,在法兰西大学[3]里,像中世纪一样,只有为学生而设的课文阅读或讲解。这种普及课程,这种报告会,现在已经成为我们古老的左岸生活的一部分,当时却根本不存在,人们也未曾感到有任何必要。对女人们来说,对上流

---

[1] 李西亚斯(Lysias,公元前 440-前 380 年):雅典的雄辩家。
[2] 西塞罗(Cicéron,公元前 106-前 43 年):古罗马政治家、雄辩家、哲学家。
[3] Collège de France 通常译为法兰西学院,但易于同 Académie Française(也译为法兰西学院)混淆,所以改为这个译法以示区别。

社会的人们来说，一边是讲道，一边是闲谈。到了旧制度的末期才建立起我们今天所看到的那样的公立学校，这是因为宗教感情的衰退和讲道者的平庸使得上流社会远离了讲道的缘故。1781年，物理学家名头还不及飞行家名头响亮的皮拉特尔·德罗齐埃①在瓦卢阿街和圣奥诺雷街的拐角处建立了学校，向公众讲授所有的科学和文学课程。这所受到私人捐助支持的学校获得很大的成功，它存在到复辟时期，创立了高雅雄辩的课程的传统，这种传统通过大学和各式各样的讲演人，一直延续到今天。拉阿尔普在那里教授文学，正是他后来发表的这个文学课讲义在布伦蒂埃看来标志着法国批评的一个重要的日子。这份讲义是第一个就人们所说的世界文学的持续不断的讲演。我们必须注意，这份出自一位职业讲道者之手的《世界史讲演》首先是当着太子讲授的。

这种拉阿尔普自认为是创立者的职业批评，乃是一种讲坛上的批评、教授的批评，是一个遵循来自讲道的某种形式的法则的人所进行的批评。为了试图证明19世纪的抒情诗以卢梭为中介人而同17世纪的讲道一脉相承，布伦蒂埃颇费力气。如果他能容忍他称之为"个人文学"的那种东西以及所谓的有自知之明，他本来可以把教授的批评、雄辩的批评、

---

① 皮拉特尔·德罗齐埃（Pilâtre de Rozier，1754-1785年）：法国物理学家。

他所独有的那种纯粹的批评，看作是讲道的更为卑微的然而更为肯定的继承者。他之所以满怀不快地把博叙埃当作他的精神之父，并非出于偶然。

对教授的批评，我既不想贬低，也不想为之进行咄咄逼人而顽固的辩护。我只想指出它的起源，说清它的性质，让人们感觉到它的局限。当然，全部的职业批评并不只局限于教授的批评，但它却在19世纪的文学史里组成了一条延续最长的山脉和一片最为坚实的高原。在拉阿尔普之后出现了三位伟大的复辟时期的教授，他们是基佐、库赞、维尔曼。在七月王朝和第二帝国时期，巴黎大学的圣－马克·吉拉尔丹和高等师范学校的尼扎尔代表着与浪漫主义对立的大学反对派。泰纳①实际上只讲过美学课，但他来自高等学府，没有任何人能像他在作品里那样具有演讲般的雄辩。共和时期的三位伟大的批评家是布伦蒂埃、勒麦特尔和法盖，他们都是大学里的人物，而布伦蒂埃尤其是一位纯粹的教授。圣伯夫则经历了我们的这三种批评，犹如他在青年时代经历了浪漫主义而到了成年时代又经历了古典主义一样。但我们毕竟不应忘记他的《波尔－罗雅尔修道院史》，他的《夏多布里昂》，他的《维吉尔》，都出自对公众的授课。虽然他缺乏演讲的才

---

① 泰纳（Hippolyte Taine，1828-1893年）：法国历史学家、哲学家、批评家。

能,当他最终得以进入法兰西大学的时候,他所引起的唯一的议论是他何以到现在才被接纳。

这一批评成为文学19世纪最为坚实和最为可观的组成部分之一,它对我们的16世纪、17世纪和18世纪的土地进行了翻土和各个方向的耕耘。自发批评代表着那些交谈和判断的人所组成的部分;艺术家的批评是那些创造和向四周扩展的人的领地;教授的批评是由这样一些人进行的,他们阅读、研究和整理:这当然不是一切,但这已经很多了。

* * *

首先他们阅读。诗人谈他之所感,旅行者谈他之所见,教授一般地说来谈他之所读。书籍的世界对他来说很快地成为一个真实的世界。这至少给批评提供一个牢固的基础和某些可以咀嚼的食物。只是阅读不像人们所想象的那样快罢了。当然,一位诚实的批评家只能写他读过的东西。可是他不会把所有读过的东西全记住,因此实际上相信自己的记忆和相信别人并没有任何区别。朱尔·勒麦特尔说,一个人不能每天早晨把藏书都读一遍。客厅批评有时只是听听作者和读过的人的说法而自己不读就能对当日新书做出一个固定的评价。职业批评家也不可能不采取类似的办法。二十年以来，我读过丰特奈尔所有的重要作品并做了笔记。现在我想就丰特奈尔写一篇十页的文章。我有我的记忆：它们无法代替我重读一遍作品，但是要重读我就必然要丧失精神生活的某种进程，只有这种进程才能供给我的特有的主题尤其是丰特奈尔的营养。我还有我的笔记：它们是宝贵的，但支离破碎，肯定会使我目前进行的工作受到过去阅读所得印象的主宰。怎么办呢？我重读圣伯夫《月曜日漫谈》中的一篇，重读一章布伦蒂埃，翻翻麦格龙先生和拉鲍德-米拉先生的《丰特奈尔》，同时再做一些笔记，于是我完成了我那篇十页的文章。对一个人做出公允的评价要求我不仅要考虑作者的著作，还要考虑别人评介他的著作（即要考虑他的生前和死后）。这是一个尺度问题，如果这一尺度从两端的任何一端断裂，批评家都会遭遇到两种危险之一种。

首先他大概会隐藏起自己对作者的真情实感而撰写出一套传统的老生常谈。我所指的是最为广义的传统：笔写的传统可能会让他重复权威的批评家就他的题目所说的话，口头的传统则由他所接受的教育所组成。而传统不应该受到任何指责，它甚至是必不可少的。没有它就没有其他一切的建立，传统本身也希望建立一种传统，站在它的对立面上，一切都无从表达。但是当传统顺着无处不在的使之与思想的懒惰和自动性相混淆的斜坡滑下时，它就变得危险了。这种顺坡而下的结果，我们可以在某些学生课本中看到，这些课本只不过是老生常谈的汇合，它们产生于思想的懒惰，只能造成读者思想的懒惰。

还有第二种危险，远比第一种体面，然而却更为严重，这就是顾虑病。第一种危险导致职业批评做出毫无意义的事情来，而第二种危险却导致它什么也干不成，或者让他费了九牛二虎之力却没有拿出任何东西来。假如我们就一个特定对象进行研究，如果我们想从第一手材料中了解一切，想分析所有的文件，想弄清所有的消息来源，那我们会永远没完没了。写和发表，这不过是行动的方式罢了，虽然行动离不开记忆，可是假如我们过去的全部记忆都储存在我们身上，我们就不会有可能的行动了；假如我们想在书中包含围绕着过去的一本著作结晶的全部真实的记忆，就不会有书了。任何一本书都意味着一部分有意的忘却——这就是写作，和一部分偶然的忘却——这就是个性特征的巧合。我甚至认为一本批评著作的生命就在于它是否引起批评，是否参加了对话，是否把它的震动传达给了超越它的运动，也就是说，它是否有欠完整，是否能引导读者纠正它的错误。顾虑病以反对工作草率为借口拒绝进行高效率的工作，以工作迟迟不能结束为借口拒绝进行富有成果的工作，结果使许多人辛勤劳作却一事无成。

良好的教育可以避免这两种危险。通常人们在大学里得到这种教育，某些批评家对这些大学的描绘如同郝麦在永镇[①]所想象的艺术家和记者们的生活一样。无论右岸左岸，一个人总是某个人眼睛里的永镇！我知道批评和文学史是两个不同的领域。可是无视文学史的批评家没有任何久存文学史的可能，而缺乏批评审美观的文学史家则会陷入一种沉闷的学究气之中而无人理睬。

* * *

其次，职业批评一般是由对事物有所认识的思想诚实的人进行的，而自发批评通常是由对事物进行猜测的思想敏锐的人进行的，艺术家的批评则应该由进行再创造的富有创造精神的人进行。可是认识和看是两种完全不同的行为。认识是针对过去而言，而看是现实的行动！因此，当自发批评面对历史的时候它会感到困惑，当职业批评用于现实作品的时候，它也会感到迷惘。在贝洛和布瓦洛时代所进行的古人与今人之争就是两种批评之间的争论。当贝洛和布瓦洛就品达的第一首《特尔斐颂歌》[②]的开头进行辩论的时候，这种争论

[①] 福楼拜的《包法利夫人》故事发生地，郝麦是小说中的一个人物。
[②] 古希腊诗人品达（Pindare，公元前518－前438年）的歌颂古城特尔斐竞技会获胜者的颂歌。

竟变得十分有趣。贝洛说到，一位庭长当着夫人的面念了这段开头的译文，庭长夫人认为品达非常可笑。贝洛认为庭长夫人是对的。布瓦洛试图反复证明庭长夫人情趣低劣，品达颂歌的开头应该是诗中的杰作。而布伦蒂埃，在他就这一争论所做的出色的评论中认为，贝洛和布瓦洛均步入歧途，贝洛只能对历史的作品做出评价，他能把它重新置于当时的气氛中，恢复其历史的本来面目。布伦蒂埃说，庭长夫人的判断没有意义，因为她对品达一无所知，既不了解他的语言，也不了解他的时代。而布瓦洛错误地认为他可以通过唤起她的审美情趣而让她认识到自己的错误。历史的著作只能被那些了解历史的人理解和评论，这是职业批评的领域。正像龚古尔兄弟所指出的那样，历史是教授们的食粮。龚古尔兄弟第一个女仆的逃走和第二个女仆的飞短流长以及18世纪的趣闻轶事不是他们的食粮是什么呢？不要责怪我们尘世的食粮过于可怜吧！

可是，如果说不了解情况的人无法对古典作品做出正确的判断，如果说那些以读每日报上的论战文章为满足的小商人和社交界名媛认为《致外省人信札》是令人厌倦的著作，并且像一名下级军官无资格进入高级军事法庭一样无权对此做出判断的话，学者有时对现实作品来说却也不是一个好的鉴赏者，他有时缺少自发性、敏锐，即缺乏并非能学而知之的思想的敏感。以卓越的流派领袖面目出现的布伦蒂埃宣称批评有三个目的，只有三个目的，即鉴赏、排列、解释。这正是职业批评的三个时期，正如莫里哀式医学的放血、服泻药和灌肠的三个阶段一样，它通过这三个阶段征服了过去的世界、竖起了历史的纪念碑、创立了文学的伟大系列，即如同一座大城市里的教堂和宫殿一样的批评之城的荣誉和装饰。但是在日常生活中，教堂和宫殿并不实用。对于同样也是日常的文学和当日新书来说，这三种庄严而令人生畏的活动与品味这种必不可少和自我满足的条件相比仿佛有些可有可无了。

*　*　*

我所指的"品味"包含这个词本身所具有的全部感觉上的因素，它作为附加成分装饰着这个词的文学意义，如同前人所说的那样，犹如给少女戴花。品味是什么？品味是对一种现实的快乐的体验，是生活在现实之中，使现实活跃。

我们应该及时采摘生活的玫瑰。

职业的、历史的批评，带着它的历史感，带着它对延续性的要求，自然而然地要碾碎和弄乱这朵纤弱的现实之花。

它鉴赏、分类、解释，但很少是在品味。请看看布伦蒂埃在《自然主义小说》中针对阿尔方斯·都德所说的这句话："我很清楚在《流放的国王》中有某些新东西，但是那些使新东西得以延续和进入传统的特点，我却还没有看清楚，它们也并不十分明显。"换句话说，他所感兴趣的，不是一本书里的新东西，而是那些可以成为历史，可以延续为传统的东西。我很希望这能成为一种观点。在博恩修道院的慈善招待所酿制的酒拍卖的那天，一位我非常尊敬的专家告诉我说，哪一种新酒，非常好喝，却在十年之后一文不值，哪一种酒又稠又涩，十年之后会成为玉液琼浆。可是在驿站旅馆的饭桌上，我现实的口味要的是前一种酒而不是后一种。不过这个比喻非常不确切，因为那个勃艮第专家可以像天文学家肯定星球运动一样对某种酒的未来做出几乎准确无误的预言，而职业批评所预言的只是历史。预言历史，是它的第三个伟大活动，即解释——例如解释悲剧是怎样产生、发展乃至死亡的。可是当它自以为因为可以预言历史便因此可以出于同一原因和使用同样方法对现实作品做出预言的话，它则要大错而特错了。它会把将使新东西得以延续的特点与已经使新东西得以延续的特点混为一谈，对它来说，真正的新东西并不会是现存的新东西。布伦蒂埃对此到了如此自信的程度，使他成了一种代表人物。他在谈到批评时说："批评，只有批评在任何时候都能意识到一种体裁准确地发展到了什么程度；只有它能够指出，新的艺术，为了真正是新的，也为了真正是艺术，必须满足哪些条件。"这段话写于对《大百科全书》的批评一文里，这是前所未闻的。

前所未闻的混乱，把已经完成和应该完成的事情混为一谈（柏格森主义把一股有益于健康的空气带到了这里！）。职业批评家描述各种体裁在文学史上的演变。很好。我们脱帽向那个在这方面完成了布伦蒂埃留给我们的宏伟工作的人表示我们的敬意。可是他却对作家们说道："注意！我，只有我，'批评'，高踞教授的讲台之上，能够告诉你们，你们的体裁演变到了哪一地步。斯宾塞[1]用这句格言来宣扬道德：在宇宙的演变中成为一个自觉的因子。你们，你们应该在你们各自体裁的演变中成为自觉的因子。如果你们想知道你们的体裁是如何演变的，请来找我。我会告诉你们，你们的艺术应该满足哪些条件才能带来新东西，可以进入你们的艺术传统本身的新东西。我的讲台后面有一间诊室。"作家们真的来到了诊室，按着批评所开的药方，作为自觉和有条理的艺术家，继续他们的体裁的演变。布伦蒂埃几乎可以把保罗·埃尔维厄[2]视为自己的继承人，我们的占星家使之相信批评领域

---

[1] 斯宾塞（Herbert Spencer, 1820-1903年）：英国哲学家、社会学家。
[2] 保罗·埃尔维厄（Paul Hervieu, 1857-1915年）：法国作家、剧作家。

的星宿之合有利于散文式悲剧。埃尔维厄相信了占星家们的话，便信心十足地在布伦蒂埃的引导下，投身于他的体裁的演变之中，我无须告诉诸位，这种传统上已经多次出现过的革新只不过是昙花一现罢了。

布伦蒂埃赞扬批评保卫人们不受江湖骗术的影响，这一点，他是对的。可是你们知道柏拉图是如何回答安提西尼①的，这位衣衫褴褛的哲学家，走在华丽的地毯上说：我把柏拉图的骄傲踩在脚下！"用另一种骄傲！……"批评不应该用一种江湖骗术去反对另一种江湖骗术。我们知道，批评为艺术家描绘如此美好的前景实属不知趣，没有任何一个地方，甚至包括在才能问题上，能像在这个领域里一样，恰恰是被估计到了的东西最无法成为现实。文学作品的系列，是一系列天才的爆炸，任何一个天才，在另一个天才看来，都是出乎意料的，但是这些作品一旦成为历史的时候，逻辑的制造者——思想——便可以而且必须把它们置于一条富有逻辑的链条上。除非有很大的错觉，否则不会把这种历史的逻辑当成未来的逻辑。经验同样告诉我们历史学家会成为平庸的政治家。虽然对历史的回忆总应该启发现实的行动，但是造就行动家的现实感和造就历史家的历史感几乎在两条不能相交的

---

① 安提西尼（Antisthène，公元前 444-前 365 年）：希腊哲学家。

路线上行进。自然的力量使之具有明显不同的特征，从而给它们以某些推动。批评的情况与此相仿。

看看所有那些在职业批评中引人注目的作家，从拉阿尔普和尼扎尔直到勒麦特尔和法盖，我们有意不谈那些尚活在人世的人，有意停留在晚一代人的位置上。他们大概生活在一种斗争状态之中，与他们时代文学中革新和真正进步的部分进行过斗争。圣伯夫是一个典型的例子。他让我们应用了共变法。他这位最富才气和最伟大的作家，没有能够承受双重任务的压力，即同时阐释现实和历史。现实文学的代言人圣伯夫和古典文学的代言人圣伯夫没有同时共存，他们是一前一后出现的。后者，为了自由发展，不得不几乎取代了前者，并且割断了他自己与当时文学的联系。1870年以前，职业批评以浪漫主义为敌，后来它又以自然主义为敌。在尼扎尔和圣-马克·吉拉尔丹的眼里，在维尔曼甚至泰纳（可他却如此浪漫！）的眼里，浪漫主义是一种病；同样，布伦蒂埃眼里的自然主义，勒麦特尔和法盖眼里的象征主义，也是一种病，他们一边嗅着嗅盐瓶，一边穿越这些危险的地区。诚然勒麦特尔写出了关于《同时代的人》的主要批评著作，但是我们应该看到，这些同代人一般来说都比他大，都是他上一代的人，正如布尔热①的《当代心理分析》中的人物一样。

---

① 布尔热（Paul Bourget，1852-1935年）：法国作家。

对同时代人的真正批评不是由职业批评家来完成的，而是由那些属于口头批评范畴的人来完成的。因此产生了误解和指责，职业批评家称后者为无知的或附庸风雅的人，后者称前者为学究或者如龚古尔兄弟所说的"为死人高唱颂歌的人"。

对同代人的批评，尤其需要鉴赏力，一种活跃的、敏锐的、年轻的鉴赏力，不是勒麦特尔在他的《古书》序言中所莫名其妙地加以辩解的那种面向历史和死人的鉴赏力。对历史的批评，尤其需要科学，一种被消化了的有判断力的科学，能够给作家以正确的历史地位和正确评价他们的科学。显然，这两种东西对两种批评来说都是必不可少的，理想的批评似乎应该二者兼备。可是这种理想的批评恰恰不存在，存在的只是有血有肉的活生生的批评家，人人都受着其中的一种倾向的左右。至于另外那种次要的倾向只是作为影子，使前一种倾向更为突出。当主要倾向出于一种完全可以理解的要求想完整地表现自己的时候，它会毫不犹豫地完全牺牲另一个。请看看布伦蒂埃是怎么说的："批评的目的是教会人们通常要违背他们的趣味来进行鉴赏。道德和教育难道不是和批评一样，其目的不就是把与我们的气质相违背的判断和行动的理由强加于我们吗？"博叙埃也说过类似的话，离经叛道，意味着有自己的看法。布伦蒂埃说，趣味低下，这表明有自己的趣味，而不是那位高高在上的炙手可热的批评贵妇的趣味；表明这是一种现实的趣味，而不是那种建造在历史传统和从真理的讲坛上发出的谈话的权威之上的趣味。不过我们应该注意，在批评和道德之间，在趣味和教育之间，存在着惊人的相似。可是我们不能把道德教育和趣味教育进行比较，它们作用的领域完全不同。父母告诉健康的孩子不应该挑食，假如孩子们不喜欢小牛肉或豆角，取消几次甜食或打几个嘴巴能够让他们做出喜欢一切的样子。同样，父母又告诉生病的孩子不要喜欢什么就吃起来没完，不应该吃医生禁止吃的东西。但是这两种有益的教诲都不能和趣味教育相比。趣味教育的目的很简单，就是要把孩子培养成一个未来的布里亚-萨瓦兰[①]，让他去猜想花式糕点是出自能工巧匠之手还是出自食品店，牛排是来自烤箱还是炉子，诸如此类等等。显然，父母对此早有戒备，他们知道，这种感官，像其他快感一样，总是很早觉醒。但是让孩子克服贪食的毛病对他所进行的性格教育并不等于对他进行的趣味教育。与肉欲进行斗争，非常高尚和明智，但是如果这一斗争使您具有了某种道德价值和道德权威，它却没有能使您在肉欲问题上具有任何权威。如果您有才能，它能使您写一本《关于道德败

[①] 布里亚-萨瓦兰（Jean Anthelme Brillat-Savarin，1755-1826年）：法国作家、美食家。

坏的训诫》①，而不是《安德罗玛克》②。同样，是道德而不是批评引导人们做出与自己的趣味相违背的判断。或者有人会把道德称之为批评，正如高朗弗罗③称家禽为鲤鱼一样。趣味教育，总而言之，是一种面对快感的态度教育。如果您说为了造就一个健康而全面发展的人，趣味教育离不开道德教育，我同意。可是不要把它们混为一谈，不要把一个的名称给予另一个。道德信条强加于所有的人，自然也包括那些有审美趣味的人，让它强加好了，但愿它不要强加于趣味本身！

只是我们站在貌似公允实则反常的立场上所做的这种区分，很难把教授的批评、教育式的批评、雄辩的批评，尤其是政治批评牵扯到里面来。我们国家现在无论在新闻界还是在大学里都存在着一种右翼的批评和一种左翼的批评，人们对此经常感到愤慨。事实上，传统是如此根深蒂固，仿佛成为体裁本身所固有的了。复辟时期的三位大教授，基佐、库赞和维尔曼，成为七月王朝的三位政界人士。泰纳、布伦蒂埃、勒麦特尔和法盖的生涯均以政治著作甚至政治行动为结，连最远离政治的圣伯夫死的时候也戴着议员的桂冠。他们的政治不是政治家的政治，而是道德家的政治。人们可以

---

① 法国讲道者路易·布尔达鲁（Louis Bourdaloue，1632-1704年）的著作。
② 拉辛1667年的作品。
③ 大仲马小说中人物。

用法盖的一部作品的标题来称呼他们:《政治家和道德家》。法盖写道:"所有的文学问题,对布伦蒂埃来说,都是道德问题;对任何一本书的考察,对朱尔·勒麦特尔来说,都是道德调查。"而法盖自己可以成为第三者。所有这一切使批评具有生命,给批评家带来名声,我自然不能说坏,可是这一切也使批评家顺坡而下,丧失生命力。在1781年取代了预言的讲坛的批评又恢复为预言。布伦蒂埃甚至终于成为绿衣主教。在所有这一切之中,审美批评成为它所能成为的样子,像灰姑娘一样,只在厨房里占据了一个小小的位置。那个看管她的老妈子对她说:"小姐,您应该明白,一个人要学会违背自己的趣味去判断……"这既是对下属下达的命令,又是一种整理家务的需要。因此,职业批评的第三个也是最重要的作用是:它是一个整理的批评。

* * *

一种阅读为了了解和了解为了整理的批评。在绝大多数情况下,职业批评是一种讲坛的批评,这种讲坛的批评取代了讲坛的雄辩,但它像讲坛的雄辩一样,致力于一种整理工作。

自拉阿尔普直到现在,职业和大学的批评完成了这一伟大的事业,即使法兰西文学条理化。首先是演说式的雄辩的条理化。这是三教授（库赞、基佐、维尔曼）时期维尔曼所从事的工作。使这一批评臻于完善的布伦蒂埃本身便是一个雄辩大师。但是雄辩的名声受到了影响，在口头批评中，它带有我们刚才甚至在像布伦蒂埃那样有修养的人身上所发现的那种善意的江湖骗术的味道。他得意地引用维克多·库赞的这段使雄辩天才的缺陷暴露无遗的话："是的，先生们，请给我一个地区的地图，告诉我它的地形、气候、河流、风向和整个的自然地理，告诉我它的天然出产、它的动植物，我就可以告诉你们这个地区的人的情况，它将在历史上起什么作用，不是偶然的作用而是必然的作用，不是在某一时期而是在所有时期的作用，总之，它所能代表的思想。"这段话是1827年从巴黎大学讲坛上发出来的，它夹杂着手势，面对着一种在圣-热纳维埃夫[①]山上，在库赞周围再现阿贝拉尔[②]时代的热情。可是，新桥上的戈尔蒂-加尔基[③]和面对着铅笔盒的芒让[④]难道不是表现出了一种更为无耻的江湖骗术吗？布伦蒂埃告诉我们库赞的这段话荣幸地宣告泰纳批评的问世，不幸的是事实的确如此，但这并不使泰纳高兴。泰纳也是雄

[①] 巴黎的教堂，后为先贤祠。19世纪中期，它成为亨利第四中学。
[②] 阿贝拉尔（Pierre Abélard，1079-1142年）：法国神学家、哲学家。
[③] 戈尔蒂-加尔基（Gaultier-Garguille，1573-1634年）：法国喜剧演员。
[④] 芒让（Charles Mangin，1866-1925年）：法国将军。

辩链条上的受害者，他同库赞一样，把这根雄辩链条当成科学的链条，或者自然的链条。在谈到泰纳时，圣伯夫说，如果认为一个人可以对他的作品的所有成因都能一清二楚和做出分类的话，那就无异于把自己混同于一个富有创造力的天才。的确如此！现在，泰纳所称之为思想大厦的那些展览大楼都被推倒了。二十年以来，大学批评形成了以严谨、研究和怀疑为特点的习惯，这些习惯，像我们时代的艺术一样，使大学批评与雄辩的泛滥相抗争。它也遵循着这一建议：抓住雄辩，扭断它的脖子。可是"演说"这个词还有另外一个意思，因此这种批评毕竟又是一种推论式的批评。

推论意味着条理。《关于方法的演说》，《关于世界史的演说》，《关于地球演变的演说》，目的在于揭示这种方法、这一历史和这些演变中的某种条理。职业批评放弃了雄辩，但并没有放弃它的基本作用，即以持续的方式、一览表的方式，把一种文学、一种体裁和一个时代作为一种有组织和有生命的东西，用一根链条穿起来，加以整理和介绍。拥有16世纪、17世纪、18世纪以及19世纪，既像历史学家拥有时间，也像作家拥有他将使之活跃起来的人物，使文学机遇逻辑化、条理化，这是这一批评的历程和光荣，在整个19世纪，它在法国就是这样发展的。朱尔·勒麦特尔在议论布伦蒂埃时写道："布伦蒂埃先生研究任何一部作品，无论是什么作品，是大是小，都要研究这部作品与一组其他作品的关系，这样这组作品与另外一些作品的关系通过时间和空间会立即展现在他的眼前，依此类推……当他读一本书的时候，我们可以这样认为，他会想到自世界之初所完成的所有著作。他对那些无法归类的东西永远不碰一下。"这是对任何职业批评，即生活在历史之中、消化了历史的批评所固有的特点的一种讽刺性的夸张。甚至连针对这种批评要求得到只以快乐为目的的印象主义批评权利的勒麦特尔也不得不这样写道："读一本书而从中得到快乐，并非是读过它而忘记了其余的一切，而是让其余的一切自由地在我们的美好记忆中顺序地存在；这不是要割断一部作品同人类其他作品的联系，而是热情地欢迎这些联系。"这同一种批评，表现在勒麦特尔身上是轻松的，表现在布伦蒂埃身上是紧张的，它是那些读而知之的人们的批评，是那些生活在历史的森林中把作品置于由它们和其他作品共同组成的社会的角度下来加以研究的人们的批评。不过对有些人来说，这个社会是雅典，对另外一些人来说，它则是拉栖第梦了。

如果说风格只是思想的条理和运动的话，我们所说的推论则完全可以被称之为批评的风格，因为它在作品之间传播条理和运动。有人会对我说："您所说的职业批评，为什么您不能叫它历史的批评呢？"我的上帝！我很愿意这样叫。它的确是一种历史的批评,既然只有文学史才能使这种条理和这种运动成为可能,只有文学史能够向批评家提供这种历史的厚度、这种延续的现实、这种时间的继续、这种坚实和充实。然而我们刚才看到,人们也完全可以称它为一种道德批评,甚至一种哲学批评(假如纯粹的批评家对哲学领域的侵犯不像布伦蒂埃和法盖不惜授人以柄所证明的那样滑稽可笑的话)。事实上,这一批评只有像哲学家一样提出和创立理念的时候才能完成它的使命和接近它的目的。我所说的理念是柏拉图意义上的理念:即综合和统一了不定量的可感现实的可以理解的现实。这些可以理解的现实,这些普遍概念,例如一种文学的整体,被一名真正的批评家,如尼扎尔、圣伯夫、布伦蒂埃或朗松[1]视之为一个整体,视之为出自同一个胸膛的气息的法兰西文学;一个世纪,这个路易十四的、引人注目的、被伏尔泰深奥而不容置疑的才能所创造的世纪;或者体裁和符合逻辑的人物,布伦蒂埃式完整的、坚定的和狂热的批评必将用他们来代替现实中的五花八门的个人和作品。这里,历史的、道德的、哲学的批评变为一种经院的批评。但是经院哲学家是必不可少的,有时也需要经院哲学,作为人类工作的整顿和休息时期,作为它的跳板,当它起而

---

[1] 朗松(Gustave Lanson,1857—1934年):法国批评家。

反对经院哲学的时候可以跳得更高。我认为，我们在文章中所碰到的所有这些说法，虽然都是正确的，却无法像职业批评那样能够给我们一个如此明确的总体概念。

*　*　*

三种批评中的任何一种批评都对另外两种进行贬低、斗争和冷嘲热讽，我在把这一点视为它们生存的必需和唯我独尊的证明的同时，还提醒它们各自注意自己受到另外两者的局限，提醒它们能对另外两者抱容忍的态度，我认为这样做并非没用。不幸的是职业批评没有起表率作用，进行这一批评的教授们只喜欢在他们中间进行讨论，而不喜欢把讨论扩大到外面。在批评问题上和在管理问题上相似。办公室的工作人员如果由随意瓜分人人均可胜任的部长职位并由为数多寡不限的助手相帮的一批诡辩家或无能的政客领导的话，他们自然会怨气冲天的。我没有说各级管理机构犯了错误。但是我们应该听听另外一种声音。政治家们说：的确，我们不是职业政治家，我们干什么都行，又没有一样事情能干好，可是我们是公众的代表，公众而且必须有人来代表。显然，就这个问题可以进行一番苏格拉底式的精彩的对话。在实际生活中，归根结底，事情差不多就是这样解决的。管理机构的惯性力量和诡辩家们盲目的行动相交叉，它们互相抵消、互相纠正，于是就形成了政治生活中如同夫妻生活中一样的妥协。一个家庭或者一个国家，如果有人从早叫到晚：我有权！我有权！那肯定会变成人间地狱。于是好了！口头批评，报纸的批评，当日的批评，虽然不熟悉历史和古典主义，但是在潮流和现实问题上很敏感，很有洞察力，它在职业批评的身旁，有时站在它的对立面上，成为公众的批评。布伦蒂埃说，批评（他是指他的职业批评）保卫历史，使其不被现在这一代人忘记，他的话说得很雄辩，也很正确。然而这种对历史的保卫，完全可能超出它的良好作用，而现在这一代人的力量应该让批评感到历史并不等于一切。夸大死人说话的权利，无疑等于自己在像死人一样地说话。教授教育年轻的一代，但是年轻一代的嘲讽也在教育教授。因此报纸的批评和讲坛的批评由两种不同的人来进行并非坏事。

这是一个很有意思的例子。职业批评在半个世纪里把三个人视为眼中钉，他们是龚古尔兄弟、斯汤达和波德莱尔（实际上是四个人）。关于龚古尔兄弟，这是可以理解的。他们不仅在敏感性和语言上是现代主义的代表，他们甚至是现代主义敏锐的意识和理论的代表；现代主义是龚古尔兄弟的食粮，如同远古时代是教授们的食粮一样。可是斯汤达呢？布伦蒂埃的一位在亚历山大的遗产被瓜分的《两世界杂志》

里的继承人，维克多·吉罗①先生，写了一篇很长的热情洋溢的评论，他只责备爱德华·罗德②这位伟大的瑞士人一件事情：即写了一部有关斯汤达的书，"但是没有对我认为贝尔③研究中的唯一或主要的问题，即这位可怜的作家何以能获得如此非凡过分的名声，做出回答"。法盖就波德莱尔提出了同样的问题。虽然泰纳欣赏和研究斯汤达，人们知道斯汤达和波德莱尔是怎样强迫职业批评来接受的。谁来强迫？法盖指出，《包法利夫人》的成功是公众造成的，而不是批评造成的，是公众最终把这本书强加于批评。这话没错，不过我们还得说几句。公众能够通过买书和看书就把这本书强加于批评吗？显然不能。他既不能把塞居尔夫人④的《傻瓜回忆录》也不能把亨利·拉塞尔⑤的《卢尔德圣母院》强加于它，虽然这两部书是《西哈诺》⑥和《不受管束的姑娘》⑦之前在法国最为畅销的作品。真正的公众只能买书、读书和议论，只有这种议论变为文字，即进行批评的时候，他才能把一本书强加

---

① 维克多·吉罗（Victor Giraud，1868-1953 年）：法国批评家。
② 爱德华·罗德（Édouard Rod，1857-1910 年）：瑞士作家。
③ 斯汤达原名亨利·贝尔。
④ 塞居尔夫人（Madame de Ségur，1799-1874 年）：法国作家，《傻瓜回忆录》系她 1860 年的作品。
⑤ 亨利·拉塞尔（Henri Lasserre，1828-1900 年）：法国作家，《卢尔德圣母院》系他 1869 年的作品。
⑥ 法国作家埃德蒙·罗斯丹（Edmond Rostand，1868-1918 年）1897 年的作品。
⑦ 法国作家维克多·马格里特（Victor Margueritte，1866-1942 年）1922 年的作品。

于批评。公众的批评由谁来进行呢？由巴黎有修养的人和报纸来进行。有修养的人，报纸，特别是艺术家，把福楼拜、斯汤达和波德莱尔强加于批评，而波德莱尔的一百周年纪念向我们展示了一种被对手赞同或沉默的方式所接受的决定性胜利。

龙萨[①]的名声今日得以正式和最终的恢复，也是通过对职业和大学的批评进行了一场艰巨斗争的结果。虽然由于尼扎尔的缘故，高等师范学校的教育直到1880年才形成了大学批评的价值，但尼扎尔在他的《文学史》中依然赞同布瓦洛的观点：

> 龙萨用另一种方式追随着他……

并且声称，"法兰西诗歌在马莱伯以前的历史都是这篇神圣文字的注释"，可是布瓦洛的这篇东西被浪漫主义作家们嗤之以鼻，并且字里行间充满了错误。

还有一个反面的同样也给人以教益的例子。如果说大学批评有三个眼中钉，其中的一个有两个脑袋的话，报纸的批评，同代人的批评，却有一个等于三个的眼中钉，这就是布

---

① 龙萨（Pierre de Ronsard，1524—1585年）：法国诗人。

伦蒂埃。布伦蒂埃（在他取代一位新闻记者的位置而进入法兰西学院的演说中，他向新闻记者宣战）属于那种为数不多的人，有幸被左翼和右翼的新闻记者几乎一致地认为是一位学究和傻瓜。左翼的根据是他在德雷福斯事件中的立场，右翼则根据他的政治自由主义和他的绿衣主教的身份。然而就批评问题来说有更为深刻的原因。布伦蒂埃是那种发号施令的教授。任何一个神经正常的人都不想阻止一位教授在课堂上、在学校里和在教材上发号施令，没有这一点就根本不会有教育的存在。但是布伦蒂埃通过法兰西学院和《两世界杂志》，还在社会生活中发号施令，他本人通过口头和雄辩的发号施令获得了发展。他所发号施令的恰恰是他最不熟悉的领域：当代文学、外国文学、哲学、科学（破产了的科学）、政治。在巴黎，凡是批评精神嘲弄批评家的地方，一切均可大获成功。在卡米耶·莫克莱尔[①]的著作《文学的奴仆和伟人》中，他几乎表达了所有新闻记者和作家对布伦蒂埃的看法，他写道："巴莱士[②]和我们大家一样，无法再容忍《两世界杂志》的那个名声显赫的不懂拼法的学究了，他对我来说，不过是第三共和时期假文学名流中最令人吃惊的样板罢了。"而《法兰西行动》经常对布伦蒂埃的趣味、批评和句法发出几

[①] 卡米耶·莫克莱尔（Camille Mauclair，1872-1945 年）：法国作家、批评家。
[②] 巴莱士（Maurice Barrès，1862-1923 年）：法国政治家、作家。

声怒骂。

这是一边对另一边、一个区域对另一个区域、一种职业对另一种职业、一种性格对另一种性格、一种批评对另一种批评的正常的斗争。任何一位职业批评家，任何一位大学批评家，如果他是真诚的，都不会赞同这种感情，但是假如他具有自由思想，他会理解的。理想的职业批评家应该进驻到文学的内部，犹如一位制造胸像的雕塑家把他的精神，即手的指导——灵魂——置于他正在制作的头像里，置于他的模特的有生命力的身体深处。从里面认识文学，就是要感受文学的潮流，分辨它们，追踪它们，对它们进行分类，观察作家们采取什么方式创造和支持这些潮流，采取什么方式使之改变方向和改变内容；也就是要和这种文学生命的延续一道前进，相信它的有机的存在，如同一位社会学家相信社会不以组成它的个人的意志为转移的有机存在一样；同时还要以柏拉图的理念说、以实证主义的伟大存在或以柏格森的生命冲动，来感受这种文学。对于正在致力于创造一件现实作品的艺术家，对于正在享乐现实和正在勾勒其特点的新闻记者来说，这种对一种文学从始至终抱有不以私利为目的的好感几乎没有任何帮助，实际上，它也无法帮助他们，相反它还可能破坏了有利于他们成功的条件和气候。这是批评家的事，是依靠一系列历史上的作家和需要组织这一系列的人的工作。因此，那些真正从事这种职业的人，没有任何人会赞同新闻记者和艺术家对布伦蒂埃的看法。一位批评家会认为布伦蒂埃是一个批评家，一个纯粹的伟大的批评家，因为布伦蒂埃从里面感受、观察和认识了从马莱伯起到拉马丁止的法兰西文学。他对文学的认识自然抱有偏见，可是如果没有偏见，也就不会有批评和艺术了，一位批评家的偏见可以纠正另一位批评家的偏见，而布伦蒂埃的批评（还是指从马莱伯到拉马丁），当它肯定什么的时候通常是正确的，当它否定什么的时候，通常是错误的。总之，他的方法，或者更正确地说，他的方法的实质是与职业批评的愿望一致的。艺术家和新闻记者想把布伦蒂埃排除在批评之外的努力，和职业批评家，首先是布伦蒂埃，想把瓦莱斯或波德莱尔排除在艺术之外的努力，实有异曲同工之妙。这是三种批评之间自然的对立，这种对立使它们互相纠正缺点，强迫它们写作，使它们有了或者说应当使它们有对自己各自的局限性的认识，即对贫乏的认识，这种贫乏，用柏拉图的话说，是孕育对生命热爱的母亲。

大师的批评

19世纪给我们留下了一个壮丽的陈列馆，里面陈列着批评大师。可是在旁边（我没说在上边，那是另外一个等级了）——在批评大师的旁边，有大师的批评。伟大的作家们，在批评问题上，表达了他们自己的意见。他们甚至表达了许多意见，有的振聋发聩，有的一针见血。他们就美学和文学的重大问题发表了许多见解。他们的批评是存在的，它也应该像自发批评和职业批评一样，包含一般的特点，如果说这些特点还有些模糊的话，我们有必要做出努力，使它们显露出来。

我说它存在着，而我之所以坚信这一点，这显然不是妄图称霸于整个批评界的职业批评的错误。

必须畏惧我的（威势），
它是上帝，夫人，您的则无所谓。

职业批评和艺术家批评之间的斗争是文学生命本身的一部分，犹如欧洲地理的一部分是拉丁人和日耳曼人之间的斗争一样。对这场斗争，我们至少可以像奥林匹斯山上诸神一样自由而不带偏见地观察它的各个阶段。

* * *

当我们想找一个职业批评最纯粹的代表时，我们立刻就想到了布伦蒂埃，他的所有文字都是教义式的批评（初看这两个词仿佛是互相矛盾的，对他来说却合适）。因此，布伦蒂埃在他的智力帝国主义领域里，在他完整的博叙埃理论的领域里，把文学最优秀的东西都变成了批评的附属。"这个箱子应该是我们的。"不再是批评产生于艺术了，正像在艺术家的作品面前首先是公众然后是由专家组成的优秀分子所做出的反应那样，而是艺术产生于批评。以批评为起点，它对艺术的权利犹如先人对后代的权利。例如布伦蒂埃对我们说，德国文学产生于莱辛、赫尔德[①]和歌德的批评。让那些研究德国文学的人去争论好了。（每种文学都要求文学问题有一个新的立场。）可是法兰西文学呢，布伦蒂埃说它最优秀的部分也产

[①] 赫尔德（Johann Gottfried Herde，1744-1803 年）：德国思想家、作家。

生于那共同的母亲。请看：

16世纪的龙萨和他的门徒，17世纪初期的马莱伯，五六十年之后的布瓦洛，18世纪的伏尔泰和卢梭，以及他们之后的斯达尔夫人①、夏多布里昂、圣伯夫，首先以批评的名义宣布判决，他们的作品本身只不过是执行这些判决罢了。龙萨写《医院主管的颂歌》没有任何其他原因，他只是想给这种惩戒一个样板，只是想让人们看看能用法兰西语言和诗歌写出什么东西来。

一位医生问一个屠夫什么地方感到难受，屠夫答道："里脊和排骨之间。"布伦蒂埃把他的批判主义的职业观点用在这儿，用在这样一个领域里，显然和屠夫的话同样地不合适。在这个领域里，一切都遵循美学创造的原则，这些原则与自然创造的原则相类似，而和《体裁演变论》②的作者所设想的那类演变完全相反。严格意义上的批评，是指对艺术品的解释，但是解释必须在艺术品完成之后。作品的形成完全不像布伦蒂埃所希望的那样，是批评职能可能宣布的判决的执行。艺术品像一个人或者更正确地说像一个有生命的社会

---

① 斯达尔夫人（Madame de Staël，1766-1817年）：法国女作家。
②《体裁演变论》的作者是布伦蒂埃。

那样强迫自己和发展自己。它通过这些判决进行自卫,使自己被承认,犹如社会通过法官和法律学家们进行自卫和使自己被承认一样。龙萨、伏尔泰和夏多布里昂的作品竟是"以批评的名义"产生的!只是因为立法议会和它所强加于路易十六的吉伦特派大臣们有这种权威和能力,所以当大臣们在没有得到允许的情况下直入杜伊勒里宫的时候,典礼官为了保全面子,从远处向他们喊道:"先生们,国王命你们进大门!"批评之于艺术,亦是如此。"任何艺术品均以一种观点为基础,均以一种批评为基础,艺术品从某种意义上来说,只不过是这种批评的多产的继续或更新罢了。"根本不是这么一回事。不是先有《克伦威尔》的序言才有《克伦威尔》[①],而是先有《克伦威尔》才有《克伦威尔》的序言。同样,高乃依的悲剧是他的《演说》的基础,而不是相反。1848年,教授们为了讨好选民,在标语上给自己起名为工人教授。小说家和诗人,按着布伦蒂埃的想法,作为对自己的惩戒,肯定也会称自己为批评小说家或者批评诗人。批评的忠告,这是创作原则!《给医院的米歇尔的颂歌》对布伦蒂埃来说是忠告之后的实例,是主要之后的次要。

请注意,批评的这种神化并非出现在批评家喜欢借以自

[①] 维克多·雨果 1827 年发表的剧本,其序言成为当时浪漫主义运动的重要宣言。

娱的那种有悖情理的忽发奇想之中，而是出现在《大百科的批评》一文中，在这样的文章里，似乎更应该让位于客观的叙述，让客观的叙述来说话，而完全排除个人的想象。毫不奇怪，布伦蒂埃从此赋予批评一种权利，"它可以改变舆论的现状，并且使之背弃它所崇拜的偶像。这正是布瓦洛在17世纪以及后来的莫里哀所干的事，他们诽谤了女才子们[①]，剥夺了人们对梅纳日[②]和夏普兰等人的赞赏"。因此布伦蒂埃步高朗弗罗的后尘，把莫里哀视为批评家，而莫里哀对夏普兰的胜利则是批评对批评的敌人的胜利。实际上，只是一个意见统一的问题。

* * *

布伦蒂埃，在批评这个笼统的名称下，似乎把两种如果不是对立至少也是非常不同的行为混为一谈，一种是把批评的某些观点付诸实施，作品就是这些观点的应用；一种是完成作品，批评观点只不过是对作品的评论罢了。

第一种行为是职业批评家的行为。他们的面前是他们读过的成堆的书，他们进行排列、整理，即使之成为一个整体并提出一些"观点"。这些观点，他们视为思考和读书的成

[①] 指17世纪的风雅女人。
[②] 梅纳日（Gilles Ménage，1613-1692年）：法国作家。

果，最终成为文学最真实和最宝贵的成果。布伦蒂埃像所有的人一样不无得意地引证他认为福楼拜写得平淡和不正确的句子，从而得出结论说，每当福楼拜要表达某些观点的时候，总感到力不从心，而表达观点则是文学生涯最高的终极。由于福楼拜没能达到这种终极，所以他是二流作家。我们知道法盖有一种很普通的分类，即像维尼①那样有观点的诗人和像维克多·雨果那样没有观点的诗人。那些有观点的诗人几乎都错过了他们的使命：他们本来可以成为批评家，如果巴黎也有一条大街叫卡纳毕尔②的话……按着这种观点，人们可以建立起这样一种等级：没有观点的作家，例如维克多·雨果；有观点的作家，但是缺乏条理，"观点犹如一团乱麻"，例如伏尔泰；有观点的作家，并且很有条理，例如博叙埃。这种批评的典型例句大概可以用莫尔莱神父③评论夏多布里昂的这句话来表示："我要问月亮向栎树所叙述的忧郁的巨大秘密是什么？一个有理智的人，读到这样雕琢和别扭的句子，能得到清晰的概念吗？"职业批评本身的任务，是创造一个由概念、关系和理解组成的世界。所有容易进入这个世界并主动与之结为一体的东西都会受到职业批评的欢迎。

---

① 维尼（Alfred de Vigny，1797—1863 年）：法国作家。
② 法国南部城市马赛的一条著名大街。
③ 莫尔莱神父（André Morellet，1727—1819 年）：法国作家、哲学家。

法兰西批评的这种态度完全可以理解，它的一面是以坚实的现实为基础的。抽象概念的表达在我国的古典文学中所具有的巨大作用可以解释这种态度。我认为是尼扎尔，在他的《文学史》中，以他丰富的、明晰的和正确的思想确立了法兰西文学的价值。他说："只有一般概念能够孕育艺术和把民族推向前进。"他还说："正是因为缺乏一般概念，所以16世纪的诗歌流于浅显，诗歌艺术无法达到尽善尽美。"在那个时代，"诗人不是思想家。法兰西精神得以完整表现的是在散文家身上，只在他们身上表现了许许多多的一般概念"。我们看到，一个有理智的人，从莫尔莱神父的话里，至少得到了一个清晰的概念：即这种批评的不足和局限。

第二种行为并非把自己置于一旦组成、实现和从作品中发掘出来的"清晰的概念"的立场上，而是要和这些观念的创造性潮流相吻合，和作品本身相吻合。而由于处境所致，和作品最为吻合的人乃是作者本身。他之所以完成自己的作品，并非要迎合某些观点，但他的观点却是他的作品的辩护，很自然，这种辩护会变得雄辩和热烈。甚至有时辩护会出现在作品之前，这就产生了宣言文学。一般说来，会出现下列情况：或者停留在宣言上，即一种不能算数的流产的文学（在法国近五十年来，这样的文学何其多也）；或者作品继宣言之后接连产生，却没有实现任何宣言中所宣告的东西，相反，出现了它没有预见到的东西，《保卫和发扬法兰西语言》[1]和《〈克伦威尔〉序言》正是如此。艺术家用以解释他所完成的作品的批评与在一份宣言中只给予他勇气和计划的批评截然不同，这一计划，正因为它已经成为过去，所以很难和未来相一致。雨果真正的批评纪念碑，不是那篇著名的序言，它只对文学史家有用，而是《论莎士比亚》。

总之，与布伦蒂埃的泛批评主义最不和谐的莫过于17世纪特别是伟大的古典主义时代了，即莫里哀、拉封丹、布瓦洛和拉辛的时代。不要夸大《太太学堂的批评》[2]中的那几句对话以及拉封丹的十多首诗的意义。同高乃依和雨果相反，拉辛从未提出过戏剧理论。如果像布伦蒂埃一样，因为《安德罗玛克》表现了拉辛对高乃依悲剧的看法就说这出戏是一种批评，这实际上是在玩弄字眼。甚至连布瓦洛的韵体作品也不能算作真正意义上的批评。《讽刺诗》富有战斗性，但并没有涉及理论探讨。《诗艺》是古典主义时代的加冕而不是它的先驱，诗歌形式的本身，对说教诗规律的服从，阻碍批评精神的自由表达。布瓦洛真正在批评中起步是他的散文作品及古今之争。正在这时，古典主义时代进入了关键时期，他作为过来人，变为模仿和评论的对象。他把批评的影子从

---

[1] 法国诗人若阿香·杜贝莱（Joachim du Bellay, 1522-1560年）1549年的作品。
[2] 莫里哀回答别人对他的攻击写了这出戏，他在戏中谈到他的喜剧理论。

《关于朗加纳斯的思考》延伸到《波尔-罗雅尔》。他本人所应用的批评会延伸到哪里呢？如果"任何艺术品均以一种观点为基础，均以一种批评为基础"，是否应该把博叙埃从艺术中开除呢？因为在他看来，有观点便是离经叛道，他还希望让所有《关于批评的思考》都受到里夏尔·西蒙①的思考的命运，他还……

* * *

布伦蒂埃所倡导的职业批评帝国主义只是想把整个文学变为批评的附庸，它是布鲁图·恺撒。但是这种帝国主义却出人意外地适应了想把批评绑在自己战车上的文学专制主义。法兰西批评界的大师之一伏尔泰竟把批评家比作猪舌检查者，这一比喻，实际上批评家比作家更能接受。泰奥菲尔·戈蒂埃在《莫班小姐》的序言中把他们视为文学的阉奴。永远不能说："拉封丹……"若干年之后，可怜的泰奥菲尔像被土耳其人在利帕里俘获的帕维亚的安德烈一样进入了后宫，而那篇著名的《序言》的作者，不仅在批评家的职业中，而且在戏剧批评家的职业中，成为一个富有道德的君

---

① 里夏尔·西蒙（Richard Simon，1638-1712年）：奥托拉利会会员。奥托拉利会系1564和1611年分别在罗马及巴黎成立的天主教修会。

子！勒孔特·德利尔[①]在1864年写道："批评，少数例外者除外，通常是由智慧枯竭的人组成的，他们还没到时候就从艺术和文学的枝条上掉了下来。这种批评充满徒劳无益的遗憾、无法满足的欲望和难以解脱的仇恨，把它根本不懂的东西传达给冷漠而懒惰的公众。"人们知道，少数例外者是指那些骑在诗人背上的边走边喊的批评家："这是白象中的白象，其他的都是黑的。"

《龚古尔兄弟日记》收集了许多滑稽有趣的例子，用以表现艺术家和教授的批评之间、文学唱诗班的领唱和议事司铎之间的对立。人们可以在第一卷里看到：

一位叫博德里亚的人在《辩论》上刊文进行抨击。大学教授们、学院院士们、死人的颂扬者、批评家们、没有思想的人们、没有想象力的人们，他们受到路易-菲利浦政权的抚爱、款待，他们吃着他送来的食品、花着他送来的钱、住着他给的房子，个个加官晋爵、勋章闪亮、脑满肠肥，却始终忘不了攻击当代的智者，感谢上帝，他们没能给法兰西造就一个人、一本书，甚至一种忠诚。

[①] 勒孔特·德利尔（Leconte de Lisle，1818-1894年）：法国诗人。

死人的颂扬者，这可以说明一切！

（布伦蒂埃写到，）对于大部分小说家来说，我们只不过是文学的预告人而已；当我们没有做出预告的时候，他们就会认为我们没有遵守合同。左拉[①]过去曾对他的一位同事说：你帮我的忙，我也帮你的忙。他过去没有将来也永远不会原谅泰纳只顾研究《当代法兰西的起源》而没有把他的时间、他的天才和他的精力用于评论卢贡-马加尔的自然主义时代。雨果和巴尔扎克也是如此，他们不能原谅圣伯夫关心福楼拜所说的波尔-罗雅尔的那些家伙的程度超过《贝姨》和《悲惨世界》。

因此，职业批评家和艺术家是对立的，同时也和我们所看到的一样，和新闻记者也是对立的。再说一遍，我们不必对此担忧。竞争是商业的灵魂，犹如争论是文学的灵魂。文学家如果没有批评家，就如同生产没有经纪人、交易没有投机一样。没有对批评的批评，批评便会自行消亡。让我们深入到他们必不可少的争论中去，以便从中获得一些好处。第一个在月牙街安顿下来的奶油蛋糕店主在店门外写上：巴黎

---

① 左拉（Émile Zola，1840-1902年）：法国著名作家，他的二十部长篇小说的总标题是《卢贡-马加尔一家人的自然史和社会史》。

最好的奶油蛋糕！一位竞争者来了，写上：法国最好的奶油蛋糕！第三位想到应该像尼高莱商店那样，用这种旗号来争夺顾客：世界最好的奶油蛋糕！第四个人即使来了也没有办法了。但他还是来了，只是挂出了这样一个招牌：本街最好的奶油蛋糕！我们在遭遇了三个带有帝国主义奢望的野心勃勃的批评之后，也许可以看到一个只满足于在本街上出人头地的、只满足于耕种一小块园地的批评。

* * *

这种大师的批评并非分类学者的臆造，也不是为了求得与职业批评对称而硬造出的一扇窗户。它与另一个并存于19世纪。由夏多布里昂、雨果、拉马丁、戈蒂埃、波德莱尔、巴比·多尔维利[①]所组成的批评的链条可以和由拉阿尔普、维尔曼、圣伯夫、泰纳、布伦蒂埃、勒麦特尔和法盖组成的链条相比较。夏多布里昂给这种批评命名，称它为寻美的批评。但是我们可以在浪漫主义前期的狄德罗的作品和谈话中找到它的根源。圣伯夫说：

---

① 巴比·多尔维利（Barbey d'Aurevilly，1808-1889年）：法国作家。

在狄德罗之前，法国的批评，在贝尔时代是严格的、精确的、细微的，在费讷隆①时代华丽、优雅，在罗兰②时代诚实和实用。但它从来也不是敏锐、深刻和富有成果的批评，即缺乏灵魂。是狄德罗首先给了它灵魂……光荣属于狄德罗，是他首先把富有成果的寻美的批评引进法国，代替了求疵的批评。

这一切大体上来说是正确的，虽然就文学批评而言，用于可能的狄德罗比现实的狄德罗更为合适。尽管他写了《泰伦斯赞》、《理查逊赞》，尽管有他的通信，他独特的批评成就乃是一本批评艺术的书籍，即《沙龙随笔》。我们可以用这本书作为样板来设想，狄德罗，只有狄德罗才能完成的那种令人赞叹的文学批评，但可惜的是没有人约他写（像《沙龙随笔》那样），加之他有《百科全书》压在肩上。圣伯夫说，他具有"最高级的半变半存的能力，这是批评的关键和特长，即把自己置于作者的地位上，置于研究对象的观点上，用作品的精神来阅读作品"。

但是我们似乎还可以把这一链条上溯到狄德罗以前。总体来说，当我们在 17 世纪寻找那些连接在 18 世纪的线索

---

① 费讷隆（François Fénelon，1651-1715 年）：法国作家。
② 罗兰（Charles Rollin，1661-1741 年）：法国历史学家。

时，我们发现其中的一条线索以费讷隆开始。费讷隆的批评作品成为他著作中的古典主义部分之一。没有任何人会把这些批评作品划入职业批评的范围，而布伦蒂埃带着平时像尼扎尔对博叙埃的敌人所表现的所有怒气，把费讷隆排除在这一批评的"演变"之外。难道我们应该像圣伯夫一样，只满足于称呼费讷隆的这种批评"华丽而优雅"吗？（至于贝尔，完全没有鉴赏力，而罗兰，书生气十足又缺乏独创性，他们与文学批评无缘。）费讷隆的批评中有别的东西：即那种对艺术创造力巨大的好感，我们应该视这种好感为艺术家批评的实体，同时，作为这种好感的代价和对立面，它还包含着毫不含糊的反感。费讷隆对法国诗歌的反感预示着日内瓦公民的出现，同时卢梭和革命的公民美学观已经作为一种预告出现在《致学院的信》里，人们肯定不会想到去这封信里查找。"美，当它被所有人接受的时候，肯定不会失去它的价值，它会变得更有价值。非同寻常是自然的一个缺点和一种贫乏。"所以特别应该指出的是，强加于艺术家批评起源而引人注目的伟大的批评形象，是费讷隆身上所体现的那种荷马式的"美的批评"的形象，模仿荷马的高级教士的形象。

有一个"古代的"荷马，即布瓦洛的荷马，后来变为勒孔特·德利尔的荷马。有"现代的"荷马，即女才子和拉莫特的翻译过来的荷马。（我把拉辛放在一边，他需要一个单独的位置。)和费讷隆重新出现的是荷马世界的当代荷马,当代活生生的单纯的人。"人们觉得仿佛置身于荷马描写过的地方,在那里看见了人、听见了人声。这种纯朴的风俗仿佛又恢复了黄金时代。欧迈俄斯①这个诚实的人比《克雷利》②和《克雷奥帕特拉》③中的主人公更令我感动。我们时代与世无补的偏见玷污了这许多种美。"使理查逊的现实主义和写出这些文字的作者的批评杂交,您就有了《新爱洛伊丝》④,此书的作者在谈论费讷隆时说:"我假如能成为他的仆人,那实在是太幸福了。"但在《新爱洛伊丝》出现之前,《奥德赛》⑤转换到小说领域曾使《忒勒马科斯》⑥问世,我们不要忘记,《忒勒马科斯》是一百年之中法国和欧洲古典主义最为有名的著作。而在"古书空白处"完成的《忒勒马科斯》成为出自批评家之手的典型小说作品,即批评家能够和喜欢写的第一类小说(第二类是个人的忏悔,如《情欲》⑦),成为《享乐至上的马里尤斯》⑧、《鹅掌女王的烤肉店》⑨和朱尔·勒麦特尔的小

---

① 希腊神话中奥德修斯的忠实牧猪人。
② 女作家斯居代里(Madeleine de Scudéry,1607-1701年)和其兄合作的十卷小说。
③ 法国剧作家若苔尔(Étienne Jodelle,1532-1573年)的作品。
④ 卢梭1761年的作品。
⑤ 荷马的两部史诗之一。
⑥ 费讷隆的作品,全名《忒勒马科斯历险记》。
⑦ 圣伯夫的小说。
⑧ 英国作家沃尔特·佩特(Walter Pater,1839-1894年)的作品。
⑨ 法朗士的小说。

说的起源。费讷隆的荷马式的"寻美的批评"是一种美学创造而不是一种批评分析。这已经大有狄德罗的《沙龙随笔》的味道。出于一种艺术家的好感和深刻的荷马一起激动，伴随荷马式诗歌的生命冲动以延长这种激动，使忒勒马科斯和他的冒险成为攸利赛斯及其"错误"的后继者，然而停留在具有教训意味的理智主义的与有独创性的自由的伟大壁画不能混淆的灰色画面上，这就是费讷隆向我们表现的美的批评的原则，我几乎要称他为这一批评的泰斗。

费讷隆的例子告诉我们，一个艺术家，当他进行批评的时候，既表露他的好感，也同样表露他的反感。易发火者，甚至习惯于冷酷和不加掩饰地表露他们的反感。至于同时代的人，同行的嫉妒，文学职业所固有的对立和仇视，会使某些艺术家骂声不绝、怒气冲天，与此相比，对职业批评家的指责实则艳如桃花、甜似蜂蜜了。但是这种被推到了粗野程度的"求疵的批评"不会使我们停步不前，它并不重要。我们可以引用维克多·雨果就拉马丁评论《悲惨世界》所说的一句话："这是天鹅咬人！"天鹅不愿意咬人，而一个诗人，一个像拉马丁这样的人，当他引进米斯特拉尔[①]的时候，他便完成了他的真正的批评家的任务，就像罗安格林的天鹅带来了

[①] 米斯特拉尔（Frédéric Mistral，1830-1914 年）：法国作家。

爱尔莎的骑士一样。①

（法盖说，）求疵的批评是批评家创造的，而寻美的批评是感到需要被人欣赏的作家发明的。

可是批评家有什么需要呢？难道他们需要不去欣赏他人？不，他们需要发号施令。

（法盖继续说，）寻美的批评家是在对读者讲话，是要让他们明白一本古书或新书好在什么地方、为什么好；他不是在对作者讲话，完全用不着说他们的作品令人赞赏。求疵的批评家却是在对作者讲话，他所进行的不是教育公众，而是试图教育作者，他告诉他们知道，提醒他们，让他们有所防备。他的职能是根据每位作者的气质，了解他应该有的但只要稍加小心就可以避免的缺陷；对于那不可避免的缺陷，他至少可以掩盖或减轻其严重程度。

因此法盖指出，求疵的批评家更有用，因为他是真诚的合作者。这一观点可以在《文学絮语》的第四卷中找到，是

---

① 德国的民间传说。

评论杜米克[1]先生时写的，法盖称他是"当代最优秀作家的略显严厉的合作者"。我们可以看到，职业批评家为把求疵批评使用于这些诡计多端的作家而相互吹捧，而一旦关系到他们自己的文字时，他们就毫不犹豫地彼此使用起寻美的批评来了。批评的厨房和连队的厨房发生着类似的事情吗？白水煮牛肉，对士兵来说已经是难以下咽的食物了，但是厨师们却绝对不会放过把带着满心渴望烤熟的牛肉排骨的浓汤留给自己。

水煮牛肉，在必要的时候，毕竟可以让士兵吃饱，而这种"求疵的批评"对作者的影响也并非没有作用，但比法盖的看法引起了更多的争议。用来批改小学生作业的那瓶红墨水在另一性质的书籍的世界面前显得太不够用了。法盖的这些话适用于修辞学教授的职业（杜米克从事的就是这种有益的职业）。假如作家对修辞学教授的话唯命是从，法兰西文学大概至今还停留在康皮斯特隆[2]时代。批评真正的高级职能不在于从事这种职业本身，而在于放弃那些毫无价值的作品，在于不仅要理解杰作，而且要理解这些杰作里面自由的创造冲动所包含的年轻和新生的东西，这是比理解杰作本身更难的。教授可以为学生之所为，而批评家则不行。寻美的批评在这方面比求疵的批评更能成功。评阅考卷的人不会不知

---

[1] 杜米克（René Doumic，1860-1937 年）：法国文学批评家。
[2] 康皮斯特隆（Jean Galbert de Campistron，1656-1723 年）：法国诗人。

道，当他从学生的世界进入作家的世界的时候，他接触到了一种新现实，这种新现实简单地说就是特性。一位教授用不着去考虑特性，但一个批评家却应该生活在这样一个世界里：在这个世界里存在着特性，犹如对雕塑家来说存在着裸体、对画家来说存在着光线一样。这里指的并不仅仅是个人的特性（这在文学世界并不多见），而是一种体裁、一个时代和一种宗教的深刻而活跃的特性。"寻美的批评"仅仅在一本叫作《基督教真谛》的书中意识到自己的存在绝非偶然。熟悉特性，热爱和敬重特性，并由此而产生热情，这就是这种批评真正必不可少的东西。

* * *

寻美的批评在维持热情的同时，还贮存着批评的灵魂，一种在职业不可避免的自然规律中经常遭遇死亡或麻木的危险的灵魂。只是对缺陷抱怨并用愤怒的笔填充书籍空白处的批评家，一般来说是一个处于放弃状态的批评家。人们进行批评首先是出于对美的东西的趣味，接着是出于对不美的东西的厌恶，结果久而久之，人们眼里就没有美的东西了。伏尔泰说："长期以来我们有九位缪斯。健康的批评是第十位缪斯。"他把她置于趣味神庙的门口。起初，批评这位缪斯和别的缪斯相同,和她们一样美丽,是她们的妹妹,像克吕泰涅斯特拉和海伦①是姐妹一样,但她的父亲是一位凡人,而不是一位天神。只是她衰老得很快,人们最后会看到,她成了神庙前一个年老色衰的看门人,受到九位姐姐的嘲笑。

幸运的是,众缪斯不屑于占据她的位置,或者把使她们青春永驻的食物,即创造的热情,交到她的手里。大师的批评,诸如夏多布里昂、拉马丁、雨果、波德莱尔,让职业批评家们接连工作六个工作日,第七天,在美的面前把我们的节日服装交给我们。服装上的红边就是形象比喻。

批评包含一种比喻的艺术,当比喻不仅仅是一种艺术而且还是技巧的时候,我们就有了形象比喻。浪漫主义者的长处就在于把批评浸润在形象比喻的澡盆里,这些美丽的形象比喻,当圣伯夫进入诗人之家的时候未曾忘怀,如今一种生动的批评更是必不可少的了。忧郁的伟大秘密没有给莫尔莱神父带来任何"明晰的观念"(神父的笔记恰好象征着将要受到学生嘲笑的考卷空白处的红笔批语——应用于修辞学的"求疵的批评")。可是,当夏多布里昂称荷马、但丁、莎士比亚和拉伯雷的作品是"人类精神的矿藏和母腹"的时候,我们所得到的不仅是一种明晰的观念,这一引起无限联想的形象

---

① 两人均为希腊神话中人物。

比喻把荷马、但丁、莎士比亚和拉伯雷作为同类，涉及他们的内心世界和人类的精神本身，在涉及他们的内心世界的同时，也涉及他们的全貌，并且让他们像静物一样呈现在我们的面前。

  他歌唱从根部看到的树。

  这一形象比喻使我们在精神现实中感到了母腹的重量，它使米开朗基罗的一尊雕像具有无限的力量。它本身就来自天才的闪光，并且与大师的天才难以分离，它所努力表达的正是大师们这种天才的实质。如果说存在批评的"矿藏和母腹"的话，那就是这些直觉和这些形象比喻。

  《基督教真谛》今天留给我们的最有生命力的东西莫过于那些令人击掌叫好的文学批评篇章，对这些篇章，连最为仇视夏多布里昂的职业批评家们，如圣伯夫、法盖和勒麦特尔，也不得不带几分恭敬。人们可以认为他是浪漫主义批评的奠基人，但他因为有与古典主义的联系，因为有拉辛式的路易十四时代的温情，所以还保持了对传统主义者们，对丰塔纳[1]、儒贝尔及其后继者的好感。（不过我们应该看到，在

---

[1] 丰塔纳（Luis de Fontanes，1757-1821年）：法国帝国时期的教育部长。

《墓畔回忆录》和《隆赛教士的一生》中善于大规模和巧妙地模仿雨果和米什莱①的散文的夏多布里昂,每当谈到浪漫派作家的时候,总是带着一种赌品欠佳的赌徒和老对手的恼怒的口吻。)给《基督教真谛》以生命的思想,是浪漫主义批评宏大的思想,不仅是法国的浪漫主义,而且是欧洲浪漫主义的宏大的思想:即在美感和直觉上与一种天才融洽相处,因为人们把自己的精神世界参加了进去,所以要从心灵深处与天才融洽相处,而又因为保持了一段距离,所以又可以从外部来观察他——深入到他的内心相当的程度以感觉他并从他那里走出相当的距离来理解他。使这一点倾向于前者,就产生了《基督教真谛》;使它倾向于后者,就产生了《波尔－罗雅尔修道院史》。假如能有一部什么书,因为没有《基督教真谛》,因为没有这种真谛中所表现出来的天才而根本无法完成的话,这本书就是《波尔－罗雅尔修道院史》,所以圣伯夫本来可以在他的《夏多布里昂和他的文学集团》找一块地方来还债。我们不应忘记圣伯夫在把这一批评追溯到狄德罗时所说的话,他说他在那种"半变半存的能力"和"用作品的精神"来阅读作品的能力中看到了这种批评的特点。"半变半存"是一个重要的字眼:半变半存产生了《基督教真谛》和

---

① 米什莱(Jules Michelet,1798-1874年):法国历史学家。

《波尔-罗雅尔修道院史》，而全变却产生了17世纪的基督徒，不变产生了伏尔泰的批评。那种用作品的精神来阅读作品的能力不是发现"天才"的能力又是什么呢？

这种半变半存式的批评，与趣味的批评即自发的批评是对立的，与"判断、分类、解释"的批评即职业批评也是对立的。和一种天才，和《基督教真谛》，和《波尔-罗雅尔修道院史》的真谛，和一个民族（请记住米什莱的《法兰西图画》）、一种文学和一个人的特征相吻合，人们可以称它为直觉的或好感的批评。让我们把《波尔-罗雅尔修道院史》这部介于两种或更正确地说介于三种批评之间的精彩著作放在一边，在最有特点、最为独特和最为强硬的作品中去寻找艺术家的批评，就像我们一眼就看中了布伦蒂埃的批评乃是职业批评中独特和强硬的代表一样。我们在维克多·雨果的《论莎士比亚》中找到了这种批评。

* * *

《论莎士比亚》在职业批评家看来完全是一部丧失理智的作品。对布伦蒂埃来说，雨果涉足于批评界大概很像布伦蒂埃涉足于颂歌界，除非处他以绞刑，否则布伦蒂埃无论如何也作不出一首颂歌来。人们通常说批评家维克多·雨果，那是指1827年的宣言，即《〈克伦威尔〉序言》。应该承认，当人们认为拉阿尔普的《吕克昂》是出现在法国的第一部伟大批评著作的时候，他们会对《论莎士比亚》这样的大杂烩感到无法接受，这篇东西里无所不有，有各式各样从莫雷里[①]的辞典中找出来的人物，有大海，有灵动桌，有预言，有人类的全部文学，甚至有莎士比亚，特别是有无处不在的、时刻不离的、令人敬畏的雨果。圣伯夫所说的半变半存的能力变作彻头彻尾的变化，如同马斯加里[②]的半月堡把一切变为诗歌，把一切诗歌变为雨果。

中心位置，用批评的行话来说，被十三天才的理论所占据。十三个平等之人标志着"天才的一百级台阶"，他们是荷马、约伯、耶西、以西结、卢克莱修、朱文纳尔、塔西佗、帕特诺斯的约翰、塔尔苏斯的保罗[③]（后二人的名字非宗教化了）、但丁、拉伯雷、塞万提斯、莎士比亚。雨果完成了十三幅令人眼花缭乱的画像，请看他是怎样完成的。他站在两面镜子中间，看到了十三个维克多·雨果，然后他用手指着

---

　　① 莫雷里（Louis Moréri，1643-1680年）：法国诗人、学者，著有《历史辞典》等作品。
　　② 莫里哀戏剧中人物。
　　③ 约伯：《旧约》人物。耶西：《旧约》人物，大卫之父。以西结：《旧约》中的希伯来先知。朱文纳尔：拉丁讽刺诗人（Juvénal，约60-140年）。帕特诺斯：希腊地名。塔尔苏斯：土耳其城市。

他们说这个是莎士比亚、这个是塞万提斯、这个是拉伯雷等等。朱文纳尔意味着《惩罚集》，约伯意味着《流放集》，帕特诺斯意味着格恩西岛，塔西佗意味着拿破仑三世的敌人。雨果注意到埃斯库罗斯进行过文字游戏。他是从哪里知道的呢？雨果从这里想出了十三这个数字。

这个不幸的数字令人恐怖！

难道这是个随便选择的数字吗？雨果邀请十三位骑士的雕像参加他的盛筵，可是不可能十三个都留在宴会桌上而不带来灾难。十三就意味着十四，因为还有东道主坐在中间，他主持着宴会，何况他从十三个人身上看到的都是他自己的石头形象。假如他为塔西佗干杯，我们就应该听成：我为《小拿破仑》的作者干杯！

圣母院钟楼乃他名字的字头！

但是第一个天才荷马的名字的字头，不过是最后一位天才的名字的巨大字头的投影[①]。有两个埃斯库罗斯，古代的埃

[①] 荷马和雨果的名字的字头都是字母H，巴黎圣母院的两个钟楼恰似字母H。

斯库罗斯，即埃斯库罗斯本人，现代的埃斯库罗斯，即莎士比亚。雨果说："法兰西革命这个第三等级的创建者，有权在艺术上寻找代表。"在物质世界，它使用了这种权利，拿破仑成为它的代表，你们应该相信，它不会让这种权利在艺术世界失效。有了《论莎士比亚》，就意味着有了雨果……

人们可以在讽刺中走得很远。讽刺保存着有用的调整作用，但它很快就变为愚蠢，而讽刺本身的调整才是真正的智慧。毫无疑问，雨果是骄傲的，我们应该承认他的骄傲有某种道理。总之，有另外一种形式的骄傲，比雨果的骄傲更令人无法容忍。这种骄傲不停地毒化批评，用评价和估量我们自己及普通人的尺度来评价和估量天才，把人们用来量布的尺度带进"人类精神的矿藏和母腹"之中，用同样的字眼和思想来理解拉辛、伏尔泰、卢梭、夏多布里昂、雨果和地方上那无能的戏子或法兰西学院那无足轻重的角色。

在《论莎士比亚》里像在任何一本书和任何一幅画里一样，都有一种"偏见"。雨果这样表达这种偏见："在谈论莎士比亚的时候，所有与艺术有关的问题都出现在他的思想里。"作为艺术家，他对艺术做出了解释；作为天才，他对天才做出了天才的解释；作为有偏见的人，他的解释也带有偏见。他对自己不了解的事情说得别别扭扭，对了解的事情说得令人折服，在这一点上，职业批评家们也正是如此。

雨果把文学的全部技巧置于一个由十四个雨果所组成的元老院之下。他用于突出莎士比亚及其十二位前驱者的面部特点，由他在自己身上所进行的艺术创造的形象本身所组成。他体验这种创造如同一个神秘主义者体验上帝、一个哲学家体验存在一样。但这些面部特点并不是肖像，就如西斯廷小教堂①里的约拿②和耶西无法让我们看清《圣经》人物的面孔一样。创作的激情把米开朗基罗，把他的身体和他的灵魂、他的手和他的画笔，推上了脚手架，完成了他的预言者和巫女的创作，他通过画像所真正要显示的人，并非是《末日审判》中那个不快的耶稣，而是米开朗基罗本人。在米开朗基罗短暂的生命和意识中所萌芽的是富有创造力的人类的天才。因此雨果把这些预言者（其中莎士比亚最为伟大）看作雨果的预言人，他按照他所看到的样子描绘他们。但是雨果本身和我们用一种缺乏远见的语言所称之为雨果的过度的骄傲，这些只不过是在艺术的冲动上，在天才的创造力上，在安放和超越肉体、名字和著作的非个人和超个人的存在上的任意的切面而已。而这种存在，在《论莎士比亚》中，在我们眼前经过，犹如神灵在以西结的脸前闪过。同样，所有的字眼在它面前都毫无意义，它就是：存在！

---

① 梵蒂冈的教堂之一。
②《圣经》人物。

批评无须对这一偏见感到难以容忍，既然它想在一种运动着的存在的冲动中获得发展和被人认识时也不得不求助于这种偏见。我们在布伦蒂埃的《批评的演变》中可以发现这一点。为什么布伦蒂埃把拉阿尔普当作法兰西批评的奠基人？因为拉阿尔普是第一位教授批评家、第一位演说批评家、第一位链条式批评家。由于费讷隆远不是这样的人，所以布伦蒂埃把他从批评链条中开除，其轻蔑程度犹如雨果把拉辛开除出十三伟人的链条。布伦蒂埃用什么组成了批评的链条？它是由大教授们组成的。它在各处宣告什么人的到来呢？它把谁当作自己的终点呢？布伦蒂埃的有条理的雄辩的批评。法兰西批评的演变通向哪里呢？通向演变的批评，通向批评演变和体裁演变的意识，通向布伦蒂埃，如同十三个人的天才通向雨果天才的意识一样，如同十三个天才在他们的圈子里最后接纳了雨果一样。这里嘲讽只存在于我的语言的表面，而不存在于我的思想深处，我在这种嘲讽中所感到的只是智慧斗折蛇行的路线。如果人们使这一运动停止，人们就是对雨果或布伦蒂埃的嘲弄；如果人们追随这一运动，人们就会发现他们的幻想具有一种肯定和有益的性质，从而产生了一种得以存在的生命，产生了新的启示，在前者身上表现为天才的秘密，在后者身上表现为批评的实验。没有偏见便没有一切。但是我们应该做一个区分：雨果的这种态度和他天真的异乎寻常的自我是一致的，而布伦蒂埃的《威廉·莎士比亚》却与之形成了一种鲜明的对比，他像挥舞着一把鸡毛掸子扫蜘蛛网一样，以一种近乎病态的热情扫荡着文学所有角落里的自我。

自发的批评流于沙龙谈话，职业的批评很快成为文学史的组成部分，艺术家的批评迅速变为普通美学。批评只有抵抗这三个难以回避的滑坡，或者（更应如此）只有试图连续地追随这三种批评并从中找出共同的分水岭，才能在纯批评中得以存在。《论莎士比亚》的对象是艺术，雨果从头至尾所要表明的是一条主根，或者说一种对艺术的柏拉图式的解释，即他天才深刻的直觉所感觉到的那种解释，可以由十三位，更正确地说是十四位天才人物中的任何一位都可以无区别地加以表达的那种解释，正像斯宾诺莎所说的实体可以用它的一个属性来表达一样。

（他说：）自然加上人类，二次乘方，就产生了艺术。这是智力二项式。现在把 A＋B 换成代表每个大艺术家和大诗人的数字，您就会在他无数的面貌和严密的整体中看到人的各个创造。

这个问题可以扯得很远，而雨果的确标志着凌驾于所有批评之上的难以企及的高峰或光辉的顶点：把莱布尼茨的大难题用于艺术领域，不仅要寻找一种天资的代数，而且要寻找一种天资中的这种天资、生命中的这种生命，即天才的代数，让批评与这种代数相吻合，列出方程，只要解开这个方程，得数便可使某种独特的艺术和某种个人的天才得以实现；然而纯方程，无解方程总是与一种更高一层的认识相联系的，这种认识更为抽象和更为实际，更为接近人类精神的矿藏和母腹，从直觉上与创造的冲动的联系更为密切。实际上我们在这里遇到的并非完全是批评的代数，而更主要的是批评的神秘主义；但是一切有生命的东西无不包含一种神秘主义。

但愿这种批评就是那种居于艺术最深处的批评，别的例子会向我们证明无须为此担心。读到雨果的这些话和后面的评论，人们应该想到保罗·瓦莱里。的确，《达芬奇方法引论》(现在与此文在一起的还有一篇《题外话》)与《论莎士比亚》出于同一模式，具有相同的目的。只是偏见更为明显。瓦莱里告诉他的读者说，他的达芬奇不是达芬奇，只是对天才的某种看法，为此他只是借用了达芬奇的某些特征，他并没有局限于这些特征，而是同别的特征一起来描绘这些特征。瓦莱里所关心的始终是那个假想的代数问题，即那种并非多个领域共用的但对哪一领域都无所谓的语言，它可以在任何一个领域内得到解答，并且与被浓缩为表现本质问题的诗歌所具有的联想力和变化力相似。《达芬奇方法引论》和瓦莱里的其他作品一样，如果不是因为它的作者是位诗人，如果不是因为这位诗人把他的一生和整个思想都用于这个没有答案的代数问题和这种难以表述的神秘主义的话，它们是不会问世的。瓦莱里和马拉美所思考的问题，也正是雨果所思考的问题。纯批评在这里和纯诗歌一样，来自冰泉。我这里所说的纯批评是指并非以人和著作为对象而是以本质问题为对象的批评，这种批评只是把对人和著作的看法作为对本质问题思考的借口。

这些本质问题，我看到了三个。所有这三个问题占据了雨果、马拉美和瓦莱里的思想，使他们不得安宁，使他们把它们看作文学思想的高级游戏。这三个本质问题是天才、体裁和书。

天才，《论莎士比亚》和《达芬奇方法引论》就是献给天才的。它是个体最杰出的代表，是个人的最高级形式，但天才的秘密在于表现个性，成为统治的观念，并且通过创造来表现创造的趋势。

在文学领域内，表现在个人天才之上的这种观念和在个人天才之下而载着它的潮流，便是文学生命冲动的形式，人们称这些形式为体裁。布伦蒂埃认为这是批评的首要问题，一种体裁理论应当成为最高的目标，他的看法颇有道理。他的错误在于把运动和模仿一种自然演变的演变相混淆，由于对知识的不得要领，他只是随意而简略地掌握了这种演变的基本概念；他的更大的错误在于认为这一理论应该能够通过批评提供使当代作家受益的意见。但是可以肯定的是，体裁存在，并在发展、死亡和变化，对此，即使在体裁实验室里工作的艺术家也比批评家清楚。雨果说："史诗消失在戏剧里，结果成为这种出色的文学新品种——小说，它同时也是一种社会力量。"的确如此，一个人写了《卫戍官》、《历代传说》和《悲惨世界》，他会把许多内心的真实置于这一真相之下，而这一点是批评家做不到的。他并且写道："出于这种亲缘法则，阿里斯托芬[①]喜欢埃斯库罗斯，马里沃[②]喜欢拉辛。悲剧和喜剧从一产生开始便可以融洽相处。"哪一位职业批评家能有比这更好的想法和说法？马拉美之所以作诗，只是为了明确诗的本质，他之所以去剧场，只是为了寻求戏剧的本质，他喜欢看它展现在璀璨的灯光之中。

最后说到书。批评和文学史经常错误地把说的、唱的和读的混淆在一起，放在同一领域内去研究。书是文学自我完成的依据，但是读书人恰恰最不关心的就是书。书是人类精神的一种创造，是一个时代和一种历史的标志，犹如莎士比亚和悲剧一样。雨果的《巴黎圣母院》有一部分就是这个主

[①] 阿里斯托芬（Aristophane，公元前 446–前 385 年）：古希腊喜剧诗人。
[②] 马里沃（Pierre de Marivaux，1688–1763 年）：法国剧作家。

题。《论莎士比亚》的第四卷，这本探讨埃斯库罗斯（雨果或许连十页也没有读完）的法兰西语言和批评杰作之一，你们去读读它的结尾部分吧。埃斯库罗斯，是埃斯库罗斯运动，而埃斯库罗斯运动，是他的悲剧的运动，这一运动，不应该让它停留在所引起的雅典公众的轰动上，而应该让它经过损坏、意外事故和印刷，来到我们眼前。这种运动是这样的：

在发明印刷术之前，文明经常遭受营养损失。来自一位哲学家或一位诗人的进步的主要标志会突然消失。人类书籍上的一页也会突然被撕碎。只要有一位愚蠢的抄写人或者一位暴君心血来潮，人类就会丧失天才们的全部伟大的遗嘱。现在这类危险已经完全没有了。从此，居统治地位的是难以抓住的东西。没有任何东西，也没有任何人能抓住形体中的思想。思想不再有形体。手稿就是杰作的形体。手稿不会久存，它带着灵魂即作品一同消失。由印刷纸张组成的作品拿了出来，它只不过成了灵魂。你们现在杀死这个永生者好了！多亏有了古登堡，不会再有绝版了。任何版本的一本书都是芽，具有再生为几千本书的能力，因此会有无数件同样的产品出现。这一奇迹拯救了人类的智慧。15世纪的古登堡把人类精神从可怕的黑暗中拉了出来，使这个被赎之囚徒免于在黑暗中死亡……

可悲的是希腊和罗马留下了许多书的废墟。人类精神的墙壁已有一半坍塌，那是人类的远古时代。这里是史诗摇摇欲坠的破屋，那里是支离破碎的悲剧，伟大而粗糙的诗篇被埋葬了、被歪曲了，观念的三角楣已经掉下去四分之三，天才犹如圆柱被拦腰斩断，思想的圣殿既缺了天花板又少了门，诗的尸骨、诗的头颅，变为一片瓦砾的不朽。人们噩梦连着噩梦，遗忘而无法追寻，如同一片蜘蛛网，悬挂在埃斯库罗斯的悲剧和塔西佗的历史之间。

我们知道马拉美把对书的错觉推到了何等荒唐无稽的程度。而伟大的艺术家阿纳托尔·法朗士的批评著作《文学生活》所留下的最深刻的注释，不正是他对书的思考吗？

对于我上边引证的雨果的这段话，人们尽可以重复莫尔莱神父不朽的名言，说这并没有使我们获得新的和明晰的概念。我们在读雨果的这段话之前就知道，古代的许多作品已经无处可寻了，印刷术给了我们永久保存它们的希望。是的，可是这再次把形象比喻带给了我们，因而人们经常写的文雅的古典主义词句本来可以用浪漫主义漂亮的形象比喻来代替，这些形象比喻比任何人都能更好地表达全体的思想，从而可以丰富人类精神的遗产。这些与书有关的词句、感觉和比喻给我们的遗产添加了一种对遗产的清醒的认识，更明确地说，一种激烈的看法。如果要像柏拉图排除荷马一样把这些神仙一般的携带形象比喻的人排除在批评之外，那就不仅是太不能容人而且是卑鄙了。

我用《论莎士比亚》做例子，这是一本具有典型意义的书。但是我们可以从拉马丁那里，特别是从《文学通俗课程》那里获得一本天才的（我是说由天才所进行的）能与《论莎士比亚》媲美的批评作品。无论什么人，不论是现在还是将来，要写有关《弥洛依》[①]的评论，都离不开1859年的那篇著名的文字。

最后，关于浪漫主义批评的定义及其历史，这可能是一部大部头著作的主题，这种批评自夏多布里昂开始直到现在，带着强烈的浪漫主义，正在对浪漫主义进行抨击，正像它过去抨击古典主义一样，这是完全可以理解的。职业批评（必然落后一代人的时间）既然把浪漫主义并入文学的链条，所以反职业的批评、反大学的批评必然会成为反浪漫主义的批评。为了斗争的需要，人们不仅要有敌人，还要有旗帜，古典主义的好处是已经死亡了，它所能提供的只是一块驯服的布和一根驯服的旗杆，供人们尽情挥舞。

这种艺术家的批评，像职业批评一样，我们看到它更多的是接触历史，或者说，接触永恒的艺术潮流。它会遇到职

---

① 米斯特拉尔1859年的作品。

业批评在现实作品面前所遇到的同样的困难吗？又会又不会。

关于《弥洛依》一文是被一位同时代的天才忽然照亮的天才的理想例子。使同一代艺术家的各种组织和各种流派彼此联系的团结和好感，以及他们相同的观点和共同的艺术，必然会产生这类性质的帮忙。许多作家因为名声卓著的同行的文章而扬名，除了这些文章之外还有各种评奖，通过评奖，业已成名的作家把荣誉给予年轻人，但是一张选票只有在沉默是无言的雄辩的时候才意味着批评，我们还是局限于写出来的东西吧。

见之于文字的东西应该经常得到的用语是一个狭义的用语，即作坊的批评，我们首先用来指艺术家的批评。当然人们不会把它用于评论《弥洛依》的那篇文章，因为无论是拉马丁还是米斯特拉尔，他们都不是作坊中的人物，都不是流派中的人物。我们同他们一起进入一个荷马式的世界，出生于马孔的拉马丁对出生于玛雅恩的米斯特拉尔说话，就犹如阿尔喀诺俄斯[①]对奥德修斯说话。可是我们的文学作坊的批评，我们真正的巴黎的文学作坊的批评，带给我们的是更为混杂的产品。人们所进行的远不是一种轻快的对话，而更多的是时而互相吹捧、时而互相攻击。只要批评是前人对后人

[①] 希腊神话中的人物，曾向奥德修斯提供船只和水手帮助他返回家园。

的一种鼓励，或者是为导师当奴隶的初学者的毕恭毕敬的研究，它扮演的便是一个谦虚而有用的角色。它带着一种令人敬佩的殷勤和自觉，给文学做了宣传，对于这种宣传，文学和其他职业都无法缺少。不过作坊渐渐地变为教堂，教堂渐渐地变为城堡。那些熟知文学地理的人知道，巴黎耍笔杆的人奇怪地分住在不同的区域，这些区域被山峰阻隔，钟楼高耸其间，各种不同的日课经本从钟楼上纷纷落下，如融化的铅水，如带倒钩的箭。作坊批评，就是文学党派的批评，文学共和国的心脏一带是左岸，手则是右岸；心是热的，手是敏捷的；从右岸看左岸，是奥德翁，从左岸看右岸，是广场上的博览会。而在这两个传统的区域之外，还有别的更为复杂的分法。这一切就是艺术家批评赖以生存的世界，甚至可以说就是批评赖以生存的世界，因为我们看到它被分割成三个敌对的区域，每个区域都笼罩着误解，都对别人进行无休无尽的嘲讽。我们无须为有三个区域而悲哀，我们甚至可以再增加一个，一个自由的市郊，毗邻乡村，一些坐落在森林之中的房屋，为那些仿佛难以回到我们的分为三个区域的城市的批评的形式而设。

判断和趣味

布伦蒂埃在阐述教条批评的原则时列举了批评的三种作用：判断、分类、解释。如果我们带着某种狭隘心理和偏见把布伦蒂埃的思想引向学校方面的话，我们可以说这正是教授不可回避的三项活动。教授必须判断学生交来的作业；他必须对它们进行分类，在法国尤其如此，因为名次和能否获奖的问题有异乎寻常的作用；最后他还必须解释处理题目的方法，以及人们是如何接近或远离了正确方法的。但是最后这两种活动只是第一种活动的结果。一位这样的批评家首先是一位评判者，他置于高椅之上，发表讲话，宣读声明，做出结论，颁布命令，奖励优异，并自得其乐。

更为循规蹈矩、更为优柔寡断和更为变化无常的批评家，那些不像佩兰·当丹[①]一样受到判断欲望困扰的批评家，

[①] 拉伯雷作品《巨人传》中的人物，酷喜为人仲裁，拉辛和拉封丹的作品中也有他的形象。

大概很愿意把这一活动和这一习惯换上另外一个字：欣赏。在批评领域，如果有了趣味，你至少会多得一部分。圣保罗说，如果没有仁慈，我只是个钹而已。一个批评家如果没有趣味会变成什么呢？有人给龚古尔兄弟讲了这样一段话，他们把它记在了《日记》上："比喻很不高雅，但是先生们，请允许我把泰纳比作我的一头猎犬。它会搜寻，会盯住猎物不放，猎犬的一整套本事它都演习得令人赞叹，只是它没有鼻子，我不得不把它卖掉。"这话对泰纳来说只有一半是不公正的，他身上那点儿细微的趣味很早就被雄辩和华丽的代用品代替了。何况仿佛在巨大的雄辩能力（口头或书面的，因为泰纳是纸上的雄辩家）和一种敏锐的、持续的和活跃的趣味之间存在着某种对立。可以把五个旅行者当沙拉吃掉的卡冈都亚大概对饮食不那么讲究。雄辩的批评家尤其希望书籍能给他提供进行漂亮的概括的机会。西塞罗，这位行会老板，对我们说过，即使他有第二次生命，他也不会拿出一分钟来读抒情诗。看来他也是个鼻子不灵的人物。

总之，我们应该怨恨的不是律师，而是法官，或者更正确地说是批评概念，它把判断作为自身最急迫的任务和最急迫的需要。圣伯夫在谈到达阿格索[①]并为此概括了圣-西蒙的

[①] 达阿格索（Henri François d'Aguesseau, 1668-1751年）：法国历史上著名的法律界人士和政治家，曾任掌玺大臣。

一段话说：达阿格索在掌玺大臣的红袍下面保留着他当代理检察长时的习惯，"事无巨细，他总是迟疑不决，不能最后举起总是伴随着准确无误的天平的精神之剑，从而及时处理那些有延宕下去的危险的事情"。这对一位司法界的首脑来说显然是一个缺点，但对批评家来说，是否也是一个同样严重的缺点呢？圣伯夫在这里谈到天平和剑，这两样东西是忒弥斯①的象征。我们是否要把它们原封不动地放在被伏尔泰称之为第十个缪斯——批评的手里呢？蒙田感到遗憾的是，法官们在某些错综复杂的案件中都是以判决而不以这样的声明来结束诉讼："法院对此一窍不通。"我不知道蒙田是否有理由这样想，但实际上，按着法律的规定，一位法官永远不能拒绝做出判决。他可以签署一个他的法庭法律无能管辖的判决，但不能签署一个由于他本人无能而无能管辖的判决。如果他不知道该如何判决，他只需仿效波力道依②掷掷骰子就行了。

批评家也非要像法官那样做出判决不可吗？圣伯夫所说的精神之剑，我们是否认为比批评家成为院士之后佩戴在和平的腰间的剑更有效用呢？一个批评家，如果他幻想像达阿格索一样成为掌玺大臣，他的野心可谓最轻率不过了，何况这正是魔鬼为了把他拉向政界而设的陷阱，无论是对访问过

---

① 希腊神话中掌管法律和正义的女神，一手拿天平，一手持剑。
② 拉伯雷书中的人物，一位可笑的法官，用两个骰子来判案，并说这是最好的办法。

梵蒂冈的布伦蒂埃还是对进行过不那么庄严的访问的勒麦特尔来说，莫不如此。这是对荣华危险的追求！是引人上当的追求高官厚禄的诱饵！让批评家留在代理检察长的席位上，雄辩家留在律师的席位上，审判官留在法官的席位上，不是更合适吗？律师席，这是作者的位置，法官席，这是唯一的审判官的位置，但他不是批评家，而是公众。好的批评家，像代理检察长一样，应该进入诉讼双方及他们的律师的内心世界，在辩论中分清哪些是职业需要、哪些是夸大其词，提醒法官注意对律师来说须臾不可缺少的欺骗，懂得如何在必要的时候使决定倾向一方，同时也懂得（正像他在许多情况下都有权这样做一样）不要让别人对结论有任何预感，在法官面前把天平摆平，把所有赞同和反对的意见都集中起来，一边在脑子里盘问：他将怎样脱身？法官总是能脱身的……

但法官有时只是暂时脱身，并且在许多情况下，批评占了判决的上风，天平赢了剑。当代理检察长使反对和赞同的意见完全平衡，从而诉讼仿佛要永无休止地进行下去或像烟圈断而又合可以逃脱剑的判决的时候，就是如此。行会之间持续了三百年的诉讼也是如此。还包括批评界的也已长达三百年的诉讼，这一诉讼不断变幻形式，例如古今之争。一个带有明显的偏见，或者站在古人一边或者站在今人一边做出判决的批评家，在我看来，不如一个理解诉讼的必要性和永恒性、理解它的一张一弛犹如文学心脏的节奏运动的人那样聪明，后者才是真正和纯粹的批评家。

*　*　*

批评保卫人类精神不受自动作用的影响，但是对人类精神最好的帮助也许应该从批评自身对它自己的自动作用的防御开始，从它对进行中所必然遇到的滑坡的防御开始。我国现代的怀疑论者不无厌恶地谈到"对肯定的可怕的怪癖"。我们不要用犹豫不定的可笑的怪癖来代替它，但是应该防备这种使批评家很快变为愚蠢和可憎的态度：即永远有理的怪癖，刻板的、自得的、永远有理的那种人的面孔，他永远有理，起床时有理，上床时也有理，吃饭时有理，饮午后茶时也有理，乘火车时有理，读报时有理，在讲坛上有理……批评家谈论别人写的东西，他用二百行字谈论一位作家用两年、三年或者十年完成的东西。他通过作者告诉他的东西来判断作者，骑在作者的脖子上教训作者，并让作者在这种条件下心甘情愿地承认，批评家比他伟大，知道的比他多，写的会比他好。有人评论基佐说："他早晨读过的东西，当他和你谈起来的时候，仿佛他从一生下就知道了。"基佐是一位雄辩家，就像布伦蒂埃是一位雄辩家一样。在西塞罗的《雄辩家》(这仿佛对雄辩来说是一个光荣的标题)中,我们看到克拉苏[①]非常严肃地说:一个雄辩家要被迫谈论他不懂的科学时,他只需向那些懂得的人求教,于是他讲的肯定还会比懂得的那些人好。这里所说的雄辩家,在我们看来只是这些同类的首领,即永远有理的政治家、新闻记者或批评家。但是假如设想克拉苏的这句话不是当着迟钝的罗马人说的,而是在5世纪末期的雅典城说的,并且还有一个叫苏格拉底的人在场,那么他的话肯定会变成这样:"我的朋友,当你不懂一门科学的时候,你对谁谈论这门科学能比懂得它的人谈得更好呢?是向懂得它的人还是向不懂它的人?"应该承认是向不懂的人。于是苏格拉底得出了结论:"好了!你给予这些无知者的唯一的帮助是把他们的无知变为三重的无知。首先,他们将继续无知;其次,他们认为你知道,对你的无知毫无所知;最后,他们认为你教会了他们,于是对自己的无知也毫无所知。"人们因此可能会把苏格拉底当成一个吹毛求疵、钻牛角尖和注定要喝毒芹毒药的人。然而假如有谁体现和确立了批评精神的话,那就是苏格拉底,因为他知道他一无所知。

想通过口头和书面的雄辩影响公众的人,被迫把这个批评天才踩在脚下。他不应该说他一无所知,他应该让人知道

[①] 克拉苏(Crassus,公元前115-前53年):古罗马政治家。

他无所不知……我对再次引证西塞罗的话感到抱歉，可是我已经称他为雄辩行会的首领了，一个在这方面颇有修养的人。在同一作品里，他让安东尼①说：雄辩家应该表现为一个灵活和富有经验的人，他永远也不应该表现自己是处于一种初学者、外行人和学业未成的状态。为什么呢？这里重要的字眼是 in agendo②。因为它在一个行动的时间内，在一种行动的状态中，所谓行动就是决心；所谓施加影响就意味着确信无疑，或者表现出确信无疑。从公众雄辩家的角度而言，安东尼和克拉苏的话是对的，因为假如人们对着公众讲话，其目的只能是取得一种决心，决定一种行动，或者用同行动性质相同的反行动来阻止这种行动。可是从我们在本书中只关心的批评家的角度而言，也是如此吗？是亦不是。从有自己的权利和范畴的雄辩的和教条的批评来说是，从批评只是精神的一种消遣而言又不是，从这一角度来看的批评，不以任何实用的目的为目的，不想对人们施加任何影响，它只想使自己有明确的观点，并不想强迫别人接受，这种苏格拉底式的批评，对别人把它看作学院派的批评并不反感，也就是说，它来自柏拉图的学园，来自对话的精神，来自苏格拉底和柏拉图、普鲁塔克和蒙田。

---

① 安东尼（Antoine，公元前82—前30年）：古罗马统帅。
② 拉丁文，意为应该行动。

* * *

为了用判断在某种程度上与趣味对抗，兜这么大个圈子是必要的。我根本没有禁止批评去进行判断的意思，即禁止它把个别的感情奉为一般的原则、人人均可接受的法则和官方的决定。这些正是人类社会的组成材料，正是因为这种作用，我们在社会中才不是孤立的个人，而是有组织的团体。我们都知道：即使没有文学法规，却也至少形成了一种法律原则，对于历史上的作品的某些判断具有习惯的力量，人世间产生了一种给予或拒绝死者荣誉的判断。例如，在法国只拥有不到二百名读者的弥尔顿与一本印了二十万册的长篇小说之间的比较，在这部小说的读者眼里，用维里埃·德里尔－亚当①的话来说，无疑是权杖和一双拖鞋的对比。在这个问题上，没有必要重新唤起印象派批评家和教条派批评家之间旧日的争论，这种争论曾在布伦蒂埃时代、勒麦特尔时代和法朗士时代非常活跃。但是，另一方面，在文学问题上，判断本身并不能建造任何东西。判断是理性的一种决定，估价文学著作的并不是理性，而是一种被称之为趣味的敏感的特殊状态。应该注意不要混淆了诸如智慧、道德法则和趣味这些如此不同的现实。智慧的法则对所有的人都是共同的：几

---

① 维里埃·德里尔－亚当（Villiers de L'Isle-Adam，1838—1889年）：法国作家。

何和物理，合目的性和因果关系，对于所有的人都是同一面孔，都是同样存在的。道德法则对于所有理智的人都是共同的，康德说过类似的话：我可以设想有些理智的人的数学和我们的不同；但是我不能设想有理智的人在得到好处之后而不表示感谢。也存在与此类似的趣味法则吗？毫无疑问，美学生活并非处在人人各行其是的状态，它包含着趣味的共同趋势，这种趋势可以把相隔很远的前人与后人联系在一起，其中最为完整的形式就是人们所说的趣味大干线和总局，即西方的传统链条，从荷马开始，到法朗士结束。但这些趋势是各种各样的，它们被种族、语言和时代所截断，所谓全人类共有审美趣味的想法是一种不切实际的想法。西方趣味和东方趣味，法国趣味和英国趣味，古典主义趣味和浪漫主义趣味，组成了人性的许多不可克服的对立以及批评永远无法解决的美学矛盾。

这不应该妨碍我们谈论好的趣味和坏的趣味，不应该妨碍我们相信有好的趣味和坏的趣味，或者更确切地说，有一些好的趣味和坏的趣味存在。然而必须对某些事情小心对待，必须对某些事情加以区分。

泰纳对维克多·雨果极为轻蔑，他更喜欢缪塞的诗；布伦蒂埃喜爱苏利-普律多姆[①]的诗远远胜过波德莱尔的诗。另

[①] 苏利-普律多姆（Sully Prudhomme，1839-1907年）：法国诗人。

外，请你让你的门房或孩子读读《送面包的女人》和《情感教育》，他们肯定喜欢《送面包的女人》。我们难道能说泰纳和布伦蒂埃、你的孩子和你的门房有一种坏趣味吗？完全不能，因为情况完全不同。

泰纳之所以喜欢缪塞的诗超过维克多·雨果的诗，其主要原因是，在泰纳时代，法国的文学公众分成两部分，每一部分都包含一种不同的趣味：古典主义的公众和趣味以及浪漫主义的公众和趣味。泰纳的气质使他倾向于后一种，但在诗歌问题上，他在高等师范学校所受的教育又曾经使他与前一种难解难分。同样，布伦蒂埃的趣味是与1870年至1890年间的法国大学和古典主义趣味大部分吻合的。如此丰富的法兰西文学，一个由如此复杂的成员和如此复杂的文化组成的民族，一个敌对党派和不同时代的人们继续斗争的时代，必然会导致这种多元化、这种审美的多样性。圣伯夫甚至把明显的、独有的与对立性格的人截然相反的偏爱看作是一种活跃的、有益的、健康的趣味的条件。他说，面对过去时代的著作，有三种态度：首先是无动于衷的人，这些人可以不去谈他们了；"另外一些人，想同时追两只兔子，他们好奇而多情，想同时研究许多他们所喜爱的作家，但又不知道该从哪个入手。这些人并不像第一种人那样是无动于衷的人，他们也并非有热情，而是有些见异思迁和放荡，并担心我们这些批评家与他们类似。正确的和值得称道的人是那些对历史有一种明确趣味的人……总之,是那些有一种爱好,有一种欣赏对象并加以坚持的人。"一种丰富而健康的文学既不包含印象派批评所要达到的那种个人细小的趣味,也不包含教条派批评所要强迫人们接受的那种理性和单一的趣味,它所包含的是多元化的趣味,这种多元化一般来说能够归结为数量不多的——例如两三个——党派,并且能够把有益的精神,例如讨论、对话和对立,带进文学之中。

好的和坏的趣味的说法只在这些趣味的大党派内部才有存在的理由。喜欢缪塞超过维克多·雨果对一个古典主义者来说,完全不是一种坏趣味的标志,然而喜欢贝朗瑞[①]超过缪塞却标志着一种低劣的趣味。喜欢米斯特拉尔超过波德莱尔或喜欢波德莱尔超过米斯特拉尔,并不意味着一种坏的趣味,坏的趣味是指把鲁马尼依[②]和米斯特拉尔或者把罗里纳[③]和波德莱尔置于同一水平。

与《情感教育》相比,偏爱《送面包的女人》,这表现了趣味低劣。为什么?原因很简单,报上的长篇连载或儿童小说是那些无力读其他东西的读者万不得已的读物。那些可以阅读

---

① 贝朗瑞(Pierre Jean de Béranger,1780-1857 年):法国诗人。
② 鲁马尼依(Joseph Roumanille,1818-1891 年):法国作家。
③ 罗里纳(Maurice Rollinat,1846-1903 年):法国诗人。

在文学的不同层次上写给社会的不同阶层的所有著作的人，只欣赏某一品级的书，而绝不会欣赏其他作品，这些人，只有这些人是行家。没有其他试金石，只有这样一个经验论的准则，即约翰·斯图尔特·穆勒应用于他的快乐伦理学的准则。他说，宁愿当一个坐牢的苏格拉底，也不愿意当一个欲望满足了的馋鬼。为什么？这不是馋鬼的看法，也不是许多人的看法。你用什么来证明呢？斯图尔特·穆勒说：不需要别的证明，只有下面的证明就够了。唯有苏格拉底的看法值得重视。在他七十年的生命中，苏格拉底经常体验馋鬼无法超越的肉体的满足，但逆定理却不存在，馋鬼却无法体验到苏格拉底的精神和道德方面的满足。一个能够体验多种不同快乐的人才能对它们做出判断，在趣味问题上亦是如此。趣味意味着一种比较的多样化、一种比较的文化、一种比较的可能和习惯。

* * *

然而要注意这一点，这一点非常重要：不应该在趣味问题上追求精确。我们应该把精确当成趣味和对趣味健康的判断最危险的敌人。柏格森说过：精确，精确的需要和手段，是希腊人的数学文化带给人类智慧的，他们使人具有一种作用于物质的无与伦比的行动手段，每当在艺术领域要建造一座巴特农神庙也好，要创作一部《安德罗玛克》或《英雄交响乐》也好，精确便给艺术家带来了杠杆，使他能够支撑起他的精神的纷乱的世界。可是正因为《阿达莉》或一首交响乐在它们的创造者身上或它们的表演者和演奏者身上包含了某种精确，因而不能在它们让我们体验到的感情中去寻找精确，不能像那个数学家问"这证明什么？"一样地问《阿达莉》，也不能把一首交响乐分解成清晰的思想。用精确的手段完成的美确定的是一些含糊的和复杂的状态。因而趣味属于印象范围，而不属于创造范围。我们在这里使用的语言就说明了这一点。我们很自然地谈论拉辛和斯汤达的精确的艺术，但是为了表达一种很好的趣味，我们从来不说这是一种精确的趣味，我们称它为一种细腻的趣味或灵敏的趣味。在细腻、灵敏和精确之间有什么区别呢？细腻是对质量和复杂性的感觉，灵敏意味着毫无顾虑和犹疑，精确则是指一种把质量有效地变为数量并给现实的复杂性寻找一种简单的、对等的做法的艺术。精确服务于行动的艺术。可趣味是什么呢？是一种享乐的艺术，没有任何实用的目的。而快乐从来都不是精确的。我们知道我们什么地方疼痛，但我们几乎无法知道我们什么地方快乐，或者只有在快乐是非常表面的时候我们才能知道它们的位置。

因此无法给趣味下定义，因为定义就意味着精确。生活在定义的世纪、必须为《百科全书》给趣味下一个定义的马蒙泰尔，也只好在定义的外表下掩盖起趣味难以框定的特征。他把它限定为"那种精神感觉，那种先天或后天的识别美和倾心于美的能力，一种对准则做出判断而本身又没有准则的本能"。

因为语言和风格是明晰和精确的手段，所以仿佛不能对趣味不表示任何意见就完事大吉，犯了过分精确错误的趣味只希望得到一种相反的，至少是反对意见的平衡和纠正。我们已经说过，趣味意味着几种艺术印象之间互相接近的文化和可能。即使公众在剧场里为一出好戏鼓掌，我们也不能马上说他们有趣味。我们觉得，这个词只能应用于那些有经验的爱好者，他们看过许多戏，能够对之进行比较，能够从一些戏到另一些戏追随一种运动。另一方面，我们感到，趣味不能无限地扩大，一种过广的文化和一种过广的经验最终会抛弃趣味和使之解体。我们上文引用过圣伯夫的那段话，他把这种趣味的扩大视为批评的危险之一，认为只有在某些"精神家族"里趣味才是平衡的，家族即民族，这标志着对其他家族或其他民族的冷漠和敌意。在趣味的宗派主义和世界主义之间，真正的趣味，细腻的趣味，采取了一种不能加以精确确定的中间界标——节制、适度——以人而不是以事来划分的中间界标，因为所有这些不同而又彼此对立的精神家族构成了全部趣味领域。但是，这个个人意识无法确知的而又可能成为某个个人趣味缺乏和趣味冷漠的全部领域是什么呢？我们触及了哲学的共相问题，就此打住吧……

* * *

另外一方面的困难。我们说，趣味是一种从艺术品获得快乐的方式，而不是创造艺术品的方式，它不包含精确。可是批评也不是生产的艺术，也不是单纯的趣味，它并不仅仅以获得快乐的艺术、欣赏的艺术的面目出现，它还以精神理解的艺术甚至创造的艺术的面目出现。人们因此应该承认，批评即使冒着伤害趣味的危险也应该尽量追求精确。批评家可以向数学家解释说，《阿达莉》证明了某种东西，但正如帕斯卡尔所言，其证明东西的性质是给人乐趣的东西，而不是要论证什么。在作为他的活动和他的创造的评论和解说中，音乐批评家可能而且应该让人感到在交响乐的写作中和演奏者的灵巧中所包含的某种极为精确的东西。批评家不是艺术家，但他也不是一个单纯的爱好者，他同时具有两种属性。正因为他具有第二者的属性，而这种属性不包含精确，所以不应夸大他参与这两种属性的精确性。此外，批评不仅是欣赏的艺术，而且还是一种确定趣味的艺术。人们认为，伏尔泰、圣伯夫、某个批评精神家族，确定了法兰西古典主义文学问题上的趣味。另外一个批评精神家族，包括德国的、英国的和法国的批评精神，好像在一个稍小的范围里确定了莎士比亚文学和浪漫主义文学问题上的趣味。何谓确定趣味？批评所确定的更多的是已经确定了的趣味，它增加了这种确定的原因和意识，这是很可宝贵的。它同时还借机增加了一层传统的和陈陈相因的美丽外表，这是危险的。批评可以掩盖趣味，犹如在碎石下掩盖泉水，这不仅表现在对既定的判断表示欢迎的读者身上，也表现在批评家的身上，他舍弃欣赏的快乐而去追求判断和分类的快乐，也就是说，舍弃爱的快乐而去追求抱有意图的快乐。帕斯卡尔有这样的话：幸福的生活是那种以爱开始以期望为结束的生活。可是哪一个在成功的顶峰满怀期望的人不怀念他青年时代的爱情呢？哪一个达到可以对别人进行品评的批评家不怀念他二十岁时所读过的东西呢？那时候他只想从读物中获得快乐，而每一本书都给他打开一个世界的新天地。

* * *

我们在批评问题上应该像提防最危险的敌人一样，提防快乐本身的不可信任，这种不可信任带着一种道德狡猾的面孔，它是魔鬼的诱惑。请看布伦蒂埃的这段话，从爱到期望的危险的过渡："我们是评判者，我们快乐的唯一评判者，但是我们无法判断我们的快乐的质量，决定这一质量的权威在我们之外，既然它先于我们存在而又在我们死后继续存留。"当然，我们不是我们快乐的卫生质量的评判者，评判者是医生。我们也不是它的道德质量的评判者，评判者是我们的道德意识。但是我们是这种快乐的享乐质量即快乐本身的质量的评判者，快乐本身不涉及权威问题。所谓某种快乐的质量问题，只有当人们把它与其他快乐进行比较时才会存在。这正是斯图尔特·穆勒上面的话的含义。一个体验过多种不同的快乐的人才能够对它们进行比较和做出选择。在这一点上，文学的快乐同其他快乐并无区别。我们培养我们对快乐问题的趣味，我们甚至可以利用别人的经验或让别人从我们的经验中受益。我们知道，精神上的快乐，只要不是排他性的，只要像基音包含泛音一样包含其他快乐，它便是超越其他快乐之上的快乐。我们对它进行有意的培养，使我们感受它的趣味愈来愈细腻。我们尽量维护我们生活的这个领域，其他领域，例如职业领域、道德领域、宗教领域，或者会偕它同行，或者会将它掩盖，或者会对它进行排斥。如果我们是进行批评，我们在动笔的时候力图增加我们的快乐——感觉的快乐、理解的快乐——并让我们的读者也体验到这种快乐。

可是魔鬼正在那里窥视，永恒的魔鬼要来引诱我们。这是《苔依丝》①中的巴甫努斯的欲念。无私的爱变成一种期望。人们并不满足于培养和提高自己的趣味，人们还想把自己的趣味变为他人的趣味，这是批评可以理解的目的，并且变为普遍的、绝对的趣味，即变为一种权威。权威，这是一个伟大的字眼。正如布伦蒂埃所说的那样，必须有一个权威来决定我们的快乐的质量。这一权威，如果我们把它置于我们自己身上，置于我们趣味的可靠和完美上，那么我们的期望就只剩下一半了。一个聪明的人不会在这个方向上走得很远，他有自知之明，知道自己有弱点、多变、无法知道一切，所以期望和对权威的渴望会戴上一副面具，一副无私的面具。抱有期望的人如果是宗教狂，便把自己看作上帝的代表；抱有期望的人如果是政治狂，则视自己为国家的仆人。他们是诚心诚意的，他们在自我欺骗，但他们骗不了所有的人。同样，当批评家把这种有裁决权的武断的权威置于自己身外的时候，当他只声称自己是这种权威的代言人的时候，请你们相信，这通常是一种使自己具有永生面孔的方式。说来说去，他究竟把这种权威置于何处呢？置于非个人的批评和非个人的趣味之中，这里起否定作用的两个"非"字所要取消

---

① 法朗士 1890 年的作品。

的是他人，以便把全部位置留给自己。

决定快乐质量的权威，公众所承认的一位批评家的权威，使之摆脱某些浅薄的很快就变得乏味的文学快乐，并请他领略另外一些首先掺杂着痛苦然而很快就变为隽永的快乐，这种权威并非存在于一个批评家之外，而恰恰存在于他的身上。它同他这个人混同在一起，实际上只不过是他的趣味辐射的力量。法盖说得非常正确："权威的组成，一部分是公众在你身上所感到和所承认的能力，一部分是你所表现的公正，一部分（这部分的重要性超出人们的估计）是你对自己的支配，即公众迟早会发现的你的自控能力，总之，对公众的权威，是你对你本身的权威的转变和转移。"无论是父亲的权威、导师的权威、上级的权威和批评家的权威，莫不如此。要指挥别人，先要指挥好自己。

指挥自己，就是实行一种约束，因此存在着一种趣味约束和趣味教育。的确存在着一种布里亚-萨瓦兰所颂扬的趣味教育，波尔多酒和勃艮第酒的职业品尝者并非一日可成。因此，我们在趣味问题上的旅途是以快乐开始，以约束即付出力量结束。这并不矛盾。事情的关键在于抓住一种复杂的心理和文学现实的运动及其纷纭复杂的表现形式，这种现实无法有一个精确的存在过程，更无法有一个精确的定义。

* * *

与其给趣味下一个定义，还不如让人们看到它，如同第欧根尼让人们看到运动一样。我们在哪里能让人们看到它的纯粹而真实的状态呢？在艺术家那里？不尽然。艺术家是为创造而存在的，我再重复一遍，趣味本身不能创造任何东西。一位趣味过多的艺术家甚至会缺乏足够的勇气，不敢到大浪中去游泳。创造首先需要的是激情，而趣味却是对激情的限制。狄德罗写道："激情有属于它自己的路线，它对别人走过的路不屑一顾。胆怯而慎重的趣味不停地在它的四周望来望去，它不敢冒一点儿险，它想讨所有人的喜欢，它是多少世纪和人类连续劳动的成果。"换句话说，趣味只作用于业已存在的东西，即已经完成的作品。如果要创造一种全新的东西，孤立的趣味是无能为力的。

那么我们是否能够在批评家那里发现纯粹状态中的趣味呢？也不可能。毫无疑问，趣味应该是批评的主要组成部分，但是批评家不仅要欣赏，他还要理解和创造。无论他多么远离教条，他也必须力求做些证明、整理和建设工作。他也需要狄德罗用来与趣味对立的成为创造的雄性因素的那种激情。

纯粹状态或近于纯粹状态的趣味，我们或许可以在某些爱好者那里看到，他们被伏尔泰称之为不动笔的文学家，在趣味的运用过程中保存着这种精华：无私。无论是艺术家还是批评家，均不可能处于，更不要说达到这种趣味的无私状态、这种高超的美食领域，在这个领域中，只有快乐是重要的，任何其他东西都可以忽略不计，只有快乐的感觉、快乐的区别、快乐的变化及其消失是重要的。如同幸福的民族没有历史一样，这类富有趣味的人不写书，可是他们的榜样还必须到书里去寻，我于是到在所有的书中最不能被称为一本书的书中，到一个最不被认为是作家的作家中，到蒙田中去寻找。

* * *

如果批评能以今天这样充满力量的、严肃的和不自然的面孔表现费讷隆所赞扬的荷马身上的东西，即初生世界的可爱的纯朴，如果趣味本身能够有一天成为读者唯一的快乐和唯一所关心的事情，我们在蒙田的身上肯定可以发现所有这一切，特别是晚年的蒙田、幽居的蒙田、完成了《随笔集》第三卷的蒙田，此时的蒙田，如同一瓶宝贵的酿得恰到好处的葡萄酒，成为阅历已深的蒙田。于是快乐和对快乐敏锐的意识天衣无缝地结合在一起。"如果有人对我说，把缪斯当成玩具和消遣是对她们的亵渎，那他就没有像我那样，认识到快乐、玩耍和消遣的价值,当然我没有说其他目的是可笑的。我日复一日地生活,恕我直言,我只为我自己生活,我的目的止于此。我年轻时学习是为了炫耀,后来,是为了使自己能变得聪明,现在完全是为了取乐,此外毫无所求。"为了取乐!请看他在维吉尔描绘伏尔甘①和维纳斯的爱情诗句的周围取乐,他把他的思想和肉体的肉感和享乐的世界作为他的读物或他的回忆的背景,作为那个"完全裸体时并不像维吉尔所写的那样美、那样活泼和那样娇喘微微的维纳斯"的背景,他从文学美中汲取一切可能的幸福的允诺和快乐。于是趣味只不过成了快乐的别名。一种纯粹趣味的批评,即完全美感的批评,一种判断永远保存着感觉之花并使之完整无损的批评,一种正确思想的细腻同隽永的快乐相混淆的批评,我认为这种批评是蒙田创立的,它在他身后的再次出现,是在夏多布里昂的某些话里和圣伯夫这位文学的议事司铎的某些篇章中。请看《随笔集》第三卷第八章有关塔西佗的论述,请读读第一卷第三十七章那一段精彩的批评文字,看看五位拉丁诗人对加图②的嘲讽的对比,看看他们是通过怎样微妙的手段被依次排列,被赋予快乐的形式和运动。"一个受过良好教育的孩子,在把五位诗人进行对立比较的时候,

---

① 罗马神话中的火神,即希腊神话中的赫淮斯托斯。

② 加图(Caton d'Utique,公元前95-前46年):罗马政治家。

他应该发现前两位对加图的赞扬有所保留,第三位的态度更为明朗,但依然可以更进一步,这就是第四位,孩子对第四位极为赞赏。对于最后一位,他只有感到惊奇、欣喜,他不敢相信人类会创造出如此美好的东西……从我很小的时候起,诗歌就让我伤心、让我欢喜,但是这种存在于我心中的十分强烈的感觉受到了多种形式的控制……首先是一种欢快的灵活的流畅,接着是一种敏锐的文雅的细腻,最后是一种新鲜的顽强的力量。例子更能说明问题,如奥维德[1]、琉善[2]、维吉尔。"这些文字和肉欲的某些印象出自同一人之手,《随笔集》问世之后,没有人再敢就肉欲提一个字了。然而为了在纸上谈谈快乐,我们无须寻找那些恰到好处的字眼,也无须有另外一种公允的顾虑,一位品酒大师概括和宣布他对名酒的感觉时告诉我们:应该由一位波尔多的市长[3],把文学趣味提高到同品尝美酒一样的高度。

---

[1] 奥维德(Ovide,公元前43-公元17年):拉丁诗人。
[2] 琉善(Lucain,39-65年):古罗马诗人。
[3] 指蒙田。

批评中的建设

在批评领域内无法给趣味下定义，如同在几何学领域内无法给直线下定义一样。然而趣味是批评的起因，如同直线是几何学的基础。假如我们想在缺少定义的情况下指出趣味最突出的特点之一，我们肯定不会把它视为两点之间最短的距离。这一点，非几何学家莫属！如果说判断是以直线进行的，趣味则需要一条蛇形线，一条生动的曲线。法盖说："古典主义时代的批评主要考虑的是给明确的思想以明确的说法，而不是耐心地和带着某种快感地对所有的思想进行一次环顾，的确，对这一点它根本没有考虑过。"过去时代的批评要是这样做可是大错而特错了！耐心和快乐，在趣味问题上，这是一种素质和它应得的报酬，它们手拉着手一同前进。不仅要耐心地对思想进行环顾，还要耐心地对形式进行环顾。阿那克萨哥拉①曾说过：人是聪明的，因为他有一只手。这里仅仅是批评的开始，谁要是在这儿停下脚步，他肯定要受到布伦蒂埃的怒目而视和双重违犯教规的指责……

当法盖对我们说古典主义时代的批评根本没有考虑到要赞同贺拉斯的双耳瓮和拉拉杰的臀部这些蛇形曲线时，我们对他做出回答，我们已经对他做出回答：那么蒙田呢？例外进一步肯定了原则的正确性，或者更正确地说，例外建立了原则。法盖的话在我看来是正确的，不是因为漏掉了蒙田，而是恰恰因为有了蒙田的缘故。

毫无疑问，没有任何人比蒙田更能表现这种对思想耐心而多情的环顾，法盖，尽管他缺乏耐心，尽管他的批评更多的是理性的而不是充满快意的，却把这种环顾视为现代批评的特征。蒙田久久不愿意结束的和从中获取快乐的首次环顾，第一个确定的思想，是他对自己的环顾、对自己的看法。这种环顾，他永远没有结束；这种看法，他始终能从中获得什么。普鲁塔克笔下的人物，他的书房的藏书，不断地扩大主人的环顾范围；他是圣伯夫式的快感批评的先驱和大师，没有任何人的精细能与他同日而语。是这样，可是蒙田恰好不属于"古典主义时代"，如果不是古典主义时代，至少

---

① 阿那克萨哥拉（Anaxagore，约公元前 500–前 428 年）：古希腊哲学家。

是伟大的古典主义时期，作为他的对立面而出现。这一时期之所以被称之为古典主义时期，因为它超越了蒙田，它以巨大的努力，以既不公平而又有益的权利的剥夺超越了蒙田。

在蒙田作品最糟糕的版本之一《文学先贤祠》中，有一份别的版本中没有的、其价值无法估量的材料。这份材料是蒙田忠实的崇拜者帕杨博士①对1580年到1836年间出版的所有的《随笔集》的版本的记录。我们可以看到大约平均每五年有一个新的版本。但是在这条链条上有一个空白，有一个漏洞。

这是一个人为的漏洞，如同一道可怕的宽宽的伤口！这个漏洞从1669年开始，1724年结束，是蒙田的一个大空白期。五十四年里，《随笔集》没有出过一版。而这五十四年恰好与伟大的古典主义时期、与拉辛和博叙埃的主导地位、与路易十四的物质统治和波尔－罗雅尔的精神统治相一致。蒙田影响的空白时期是必不可少的，否则法国古典主义难以有所突破。1724年，由于开本又大装帧又漂亮的科斯特版本的出现，使这一时期为之中断。但这个版本并非出现在法国，而是出现在伦敦，是在伏尔泰到达英国的七年之前。从时间上看，这个版本介于《波斯人信札》和《哲学通信》之间，它标

---

① 帕杨（Alselme Payen，1795-1871年）：法国化学家。

志着法国一个新时期的开始,16世纪的自由精神以一个新的面目出现,蒙田之友团体将重新组合、增加和存在下去。帕斯卡尔曾经叫道:"愚蠢的计划,蒙田竟然想到要描写自己!"帕斯卡尔的身后跟着波尔-罗雅尔的全部人马,波尔-罗雅尔的人马后面还跟着整个的古典主义一代。1728年,伏尔泰在他的《关于帕斯卡尔先生的〈思想录〉的意见》中引用了这句话,他的回答是:"绝妙的计划,蒙田竟然想到要描写自己!"1746年,他在给特雷桑先生的信中写道:"说蒙田对古人只进行解说,这显而易见有欠公允!他还对他们进行恰当的引用,这是解说者不干的事。他进行思考,而那些先生根本不进行思考。他用古代所有伟人的思想支持自己的思想;他对他们进行判断,对他们进行斗争,同他们、同读者、同自己进行对话;他对事物总有一种独特的表达方式,他总是充满想象、总是擅长描绘,而我喜欢的,是他总是善于怀疑。"

他祝贺特雷桑先生支持了蒙田的事业,然后说道:"您保卫您的父亲,即是保卫您自己。"今天对于伏尔泰,我们批评家也应当说:"他保卫我们的父亲,即是保卫我们自己。"他用这么几行字,不仅出色地指出了蒙田的特征,而且还出色地指出了好的批评一个不可缺少的部分。请不要忘了最后这一点,并且让我们也像伏尔泰一样地爱它:善于怀疑!批评在希腊首先就是如此,是一门怀疑的科学。批评家与语法学家对立。语法学家把《伊里亚特》的每句话都重新体会，记在心里和背诵下来，如同清教徒之于《圣经》，而批评家善于怀疑，知道哪句诗是荷马的，哪些是后人增添的部分，就像罗奴阿[①]发现圣者一样，他对荷马使用的是这种怀疑科学，这种《批评史》方法。这种方法，里夏尔·西蒙曾小心翼翼地用在《旧约》上，结果使博叙埃大为光火，因为这位古典主义时期的大主教知道很多东西，可就是不知道怀疑。

然而蒙田的这一长达半世纪之久的空白时期，我们的父亲从1669到1724年的酣睡，对批评并非无益，它使批评获得了它所缺少的东西，甚至可以说使它得以嫁到一个富裕之家。善于怀疑，博叙埃的前一代人已经从蒙田和笛卡尔那里学到了。怀疑对笛卡尔来说就是铲掉沙子。为什么？为了找到石头。一旦石头找到，就要着手建设了。我不知道，批评时代和建制时代是否像圣-西蒙及其追随者所希望的那样彼此衔接。但是作为社会生活的链条和经纬的批评和建制，也是真正的批评、完全的批评的链条和经纬。学会了怀疑之后，应该学会建设了。不善于怀疑的布伦蒂埃专心于建设，像西塞罗一样雄辩地抛弃了罗马水道，因此他让博叙埃做他的向导，如同但丁让维吉尔做向导一样。善于欣赏和善于怀疑，

[①] 罗奴阿（Jean Launois，1898-1942年）：法国画家。

两者带着鲜明的特征,你变为我,我变为你。可是,善于建设和善于给人以教益,这是批评的另一种行为,只有古典主义时代的大"学校"能够给我们这种教育。

* * *

这所学校,即是自发批评家和职业批评家之间的巨大区别,或者更简单地说,即是读者和批评家之间的巨大区别。生活中的蒙田,介于他的书架和桌上白纸之间,准备挥动他的鹅毛笔,这是一个读者,一个很好的读者,但是我们,我们法国人,没有想到他是一个批评家。我之所以说我们法国人,因为外国人的观点有些不同。森茨伯里先生在他的伟大的批评史著作中给蒙田以重要地位,而布伦蒂埃却在他的《批评的演变》中对此只字不提。况且森茨伯里给他的书题名为 History of Civilisation and Literary Taste[①]。对我们来说正相反,趣味的历史与批评的历史完全分离。我们所理解的批评家是,一个人读一本书,不仅或主要不是从书中获得某些快乐(读者的快乐很快变成批评家的责任,就像蜜月中的快乐很快变为夫妻间的责任一样),而是把它置于哪一个等级上并依此来对它进行思考。

---

① 汉译为《文明和文学趣味史》。

从拉阿尔普开始到布伦蒂埃结束的伟大的职业批评，已经使我们习惯了这一做法。问题的确是文学批评，而不是文学史。不要责备我可能给你们思想上造成了混乱。学者们所研究和所继续的文学史是另外一种东西，它的任务是叙述当时的书籍和作家的历史，而不是像批评那样，从历史中抽出一些普遍的原因、法则的表象、作家和时代的面貌特征。唐·克莱蒙塞的《波尔－罗雅尔修道院史》，是一部文学史著作，而圣伯夫的《波尔－罗雅尔修道院史》则是一部文学批评著作。文学史的研究意味着记录一个顺序，即时间顺序。从事批评，至少在法国如此，意味着创造一个顺序，或几个顺序。在这一点上，正如人们在建筑艺术上可以划分几种顺序一样，人们也可以在批评领域内看到四个顺序，我是说四种思想体系，它们产生了真实而活跃的批评形态，每一种体系大约都和一种特定的思想家族或拥有应用于批评的建设性思想的家族相一致。我称这四个顺序为：同类顺序、传统顺序、同代顺序和地方顺序。第一种以对体裁的看法为中心，第二种以对传统的看法为中心，第三种以对同代人的看法为中心，第四种则以对一个地区的看法为中心。下面我将进行解释。

＊　＊　＊

法国整个的古典主义批评，是在体裁问题被提出来的时候形成的，直到19世纪，它始终和共相问题在中世纪哲学上一样，占有同样重要的位置，同样重要并且属同一性质。体裁问题，就是共相问题，甚至是柏拉图的理念问题，这是任何哲学都不容回避的问题。一个不认为体裁问题是问题的人不是一个批评家，正如一个不认为理念问题是问题的人不是一个哲学家一样。有哲学才能和批评才能，并不意味着这些问题在一生中只提出过一次，而是要同这些问题一同生活（我真想说同起同卧）却又永远无法彻底解决它们，永远无法把它们研究透彻。因为一个问题的研究永无穷尽，目光短浅的人便会得出结论说：这个问题无法解决，它是荒谬的。

戈蒂埃说：我是一个承认外部世界存在的人。在17和18世纪，人们称承认体裁存在的人为批评家。你愈觉得体裁确实存在，你就愈是一个好批评家。请看马蒙泰尔是怎么说的，旧批评曾在他身上结束和变得明确起来："卓越的批评家所以应该在想象中有与体裁同样多的不同的类型。下等的批评家缺少这些卓越的类型，他的全部判断只好满足于现存作品了。无知的批评家对这些对比物则完全一无所知或知之甚少。"

我们的面前再次出现了夏普兰和布瓦洛派系：批评家应

该是了解每种体裁本性的人，他应该了解这种体裁的规则和作品为了与体裁相适应所必须满足的条件。但是这一理论是先于夏普兰出现的，它活跃于整个古代时期。它是与柏拉图一起出现于雅典学派的。它意味着在艺术领域里存在着理念，存在着人们可以理解的供伟大艺术家描摹的类型。这正是西塞罗关于菲狄亚斯①的奥林匹亚宙斯像著名篇章的意思："他在自己的脑海里留下了杰出的美丽形象，他注视着他，双目紧盯着他，并且调动艺术和手来塑造它。"西塞罗在《雄辩家》中力求为雄辩艺术所赢得的正是"这种杰出的美丽形象"。

今天，没有人会支持这一理论，没有人相信存在着卓越的艺术家能够见而模仿但卓越的批评家能够看见却不能模仿的理想的审美典型，自在的史诗、自在的哀歌、自在的悲剧和自在的雄辩，倒是应该让下等的艺术家看看这些，假如他能好好看看，他是可以模仿的。但这种理论之所以长期成为批评的主梁，这是因为它的木头毕竟是优质木头，它毕竟有些用处，它适应了一种实用的真理的需要，而实际上，没有任何一种实用的真理，不能通过一种中介，与现行的真理连接。

关于体裁的概念，是一种与批评难以分割的起调节作用

---

① 菲狄亚斯（Phidias）：公元前 5 世纪的古希腊雕塑家。

的概念。如果把它视为与艺术家难以分割的概念那就错了，没有再比这个对艺术家来说更危险的了。相信一种史诗体裁，相信史诗体裁的法则的结果，是毒化了自《法兰西亚德》①起至《殉教者》②止的法兰西文学。对悲剧说教和抽象的理解，成为最令高乃依和拉辛憎恶的东西。就心理上而言，西塞罗的话是最不可成立的了。一个天才的艺术家，在创作一个作品之前，不可能、绝对不可能在眼前有一个这部作品的样板。他有的只是一些意图、一些设想，然而艺术创造就在于超越这些意图和打破这些设想。一位雕塑家，在塑造他的雕像之前和在塑造的过程中考虑他的雕像，但他看到它的时候也就是我们看到它的时候，即雕像完成之后。对文学体裁问题来说也是如此。在一种体裁里进行创造，就是为这种体裁增加新东西。为这种体裁增加新东西，就不是适应在我们之前业已存在的东西，而是要改变它、超越它。如果说艺术等于人加上自然，那么创造就等于艺术家加上体裁。艺术家内在的能力，不是把他的手引向体裁的相似，而是把它引向差异。体裁，它的位置在艺术家身后，而不是在他身前。

只是批评家并不像艺术家那样行事，他没有艺术品要完成，他的面前没有艺术，所有的艺术品都在他的背后，如同

---

① 龙萨1572年模仿荷马史诗的作品。
② 夏多布里昂1809年的作品。

业已完成的东西一样。他的职业是把它们放在一起来考察，发现它们的普遍特征，然后从这些普遍特征里组成各种体裁的普遍存在。马蒙泰尔说：只有当每种体裁有多种产品的时候才会出现批评；我们习惯上要对它们加以分类；为了使这一体裁理想化，我们在每一种产品中选择那些从来无法集中在一种产品身上的最为令人瞩目的优点。总之，这等于承认体裁只不过是批评家们创造的有益于批评的理性的产物。体裁在批评家身上的心理形成很像一般概念、同类存在在人的智力上的形成。

批评家处理这个问题并不感到棘手，因为他了解众多的作品，职业使他习惯于从中抽出普遍特征，还因为他不创造艺术品，或者说他不创造别具一格的艺术品，因而在别人的作品面前保持着某种与己无关或职业超然态度。在体裁领域里，他比艺术家有更大的灵活性。艺术家，当他谈体裁或他的体裁时，一般都是谈他自己和他自己的方法。还是那个《论莎士比亚》的作者介于两面镜子之间的比喻。他非常真诚地把他的体裁局限在他本人的作品中。当拉马丁或勒孔特·德利尔认为他们确定了一种诗歌理论时，你应该理解为：他们每个人都确定了一种他本人的诗歌理论，并自然而然地把他本人的体裁的经验变为一种体裁的法则。暗藏在每个作家心中的唯我独尊和好为人师的思想对这一观点百听不厌。

昔日的杰出批评家、今日的小说家保罗·布尔热[①]先生，习惯于讨论，或者更正确地说，确定小说的艺术理论。他认为：一方面，小说的重要优点是构思，另一方面，小说不应过于强调写作。实际上，布尔热先生为我们确定的是他本人的小说理论，他本人的小说构思奇巧，但文字颇不用力。在形象领域，有一个享有特权的形象，那就是我的身体。在小说领域，对布尔热先生来说，他的小说是享有特权的小说，这再自然不过了。但是一个批评家要独立于这些享有特权的、个人的和实用的体系之外。他夸耀自己是一个没有肉体的灵魂。而作家们也不甘示弱，他们夸耀自己比批评家有更多的阳刚之气，把他看作守卫后宫的阉奴。抛开这些比喻不谈，批评家的任务是从外部来观察作品，作家却是从里面来观察。当他看到小说家布尔热对他的体裁所下的定义导致并非构思而成而是写作而成的《情感教育》丧失了地位的时候，他便到别处去寻找了，一边嘴里嘟囔着：你的话里露出了私心。

他到别处寻找，但他寻找的还是同一种东西，即关于体裁的常识和理论。布伦蒂埃的伟大功绩也许就在于他在尼扎尔之后恢复了这种与古典主义批评密不可分的、曾被圣伯夫抛弃的体裁观念。旧日的文学是受体裁支配的，这是事实；

---

① 保罗·布尔热（Paul Bourget，1852-1935年）：法国作家。

福楼拜在小说上大获成功而在戏剧上遭到惨败，这也是事实。其原因不仅应该到福楼拜本人的文学特征中去找，而且应该到小说和戏剧的特征中去找，而关于"他为什么会在戏剧上失败"这个问题，只有当人们认识了戏剧区别于非戏剧的时候才能得到解答。布伦蒂埃发现有两个原因使古典主义批评在这里误入歧途。首先是古典主义批评把法则和标准混淆在一起，它认为批评可以让我们学会制造史诗和悲剧。"例如我们所了解的法则，生活的若干法则，我们并不能因此创造生活本身。"其次，它认为体裁是一种固定不变的现实，而其实它们在不断地演变。因此布伦蒂埃的意见是正确的。但是他自以为已经被他赶出门外的古典主义批评精神却又从窗子进到他的屋里来。他认为，批评家无法告诉作者他们体裁的特点和局限，无法向他们提供可以模仿的样板（对小说而言是巴尔扎克），无法教给他们继续演变的最好方法。另一方面，他把他关于文学体裁的演变，与一种今日已经破产的演变学说，即斯宾塞的演变学说联系在一起，这种学说，即使要对创造行为做出解释，也假定是这样，用柏格森的话来说，即它用演变之物的碎片重新组成演变。这种努力在文学上比在任何一个问题上更近于白日做梦，因为文学所能保留的只是创造性天才、完全富有创造性的天才的作品，这些作品愈是出乎意料，愈是不受历史的启示，愈是缺少演变之物的碎片，愈是容易被保留下来。因而产生了布伦蒂埃的失误，然而这是一种给人以教益的失误，只有伟大的批评家才能发生的失误，它把我们引上一条通往更为灵活和更为活跃的真理的道路，激励我们用新的用语来重新研究体裁这一永恒的问题，正如人们今天在所有领域重新研究演变的其他问题一样。

* * *

伏尔泰写过类似的话：公众是由不提笔写作的批评家组成的。而批评家则是不创造任何东西的艺术家，正如我们说过的，是没有单个形体的灵魂。然而在这个世界上，不可能有没有形体的精神，即使是一种精神上的交往，也包含着某种形式的形体。因此，缺少小说或戏剧这种单个形体的批评，组成了文学体裁这些抽象而人为的普遍形体。在这些被职业批评所孤立、发展和整理的传统和文学链条上，人们可以同样看到真正的存在、真正的形体。这种批评尚未达到的理想就如同博叙埃在《教会统一说》和《世界史讲话》中所提出的伟大远景之一。我说这种理想尚未达到，是指它还没有在一本名著中被提出来。但是批评对这一理想始终念念不忘，它把它藏在心里，为它而存在。法国批评中存在着一个文学系列，犹如博叙埃所说的《宗教的系列》一样，就是说，生活中存在着一个链条：古典主义链条。

希腊文学、罗马文学、法兰西文学这三种古典文学的连续出现，与此相适应的"伟大的时代"，它们彼此之间的相互联系、相互平衡的各种流派，以及表现出来的准则和人道精神，总之，"古典主义"这个字眼所包含的一切，就是批评伟大的中心，是批评看着文学整齐的队伍向前迈进的康庄大道。这一观点是外国人很难理解的。对法国人来说，古代时期不是两个而是三个，即希腊时期、罗马时期和17世纪的法兰西时期。因此，对我们来说，古典主义被确定下来，如同面的定义对毕达哥拉斯派被确定下来一样。古典主义的概念并不仅仅是从希腊时期发展到法兰西时期，它并且包含由法兰西时期上溯到希腊时期。一个拉辛派作家说到荷马时会高叫：他是属于我们的！正如大英帝国的海上霸权主义者说到一个海岛时一样，他会说：海岛是属于我们的！

17世纪的艺术家生活在这个链条之上，然而当浪漫主义将它截断的时候，它依然没有离开批评的思想，因为批评把它作为自己的领域，也因为审美的链条成为一个纯粹的批评链条，所以批评使它得以维持、扩大和加强。圣伯夫写道："库赞引进于文学批评的革命就是要把17世纪当成古代时期，研究并且在需要的时候，恢复这一时期的纪念碑。"这有点儿抬高了库赞，抬高了他对帕斯卡尔的《思想录》的口才表演和他对福隆德运动的那些美丽女人的偏爱。但19世纪的批评就是如此，特别是《波尔－罗雅尔修道院史》作者的批评就是如此。伏尔泰时代和圣伯夫时代的差别在这里是显而易见的。伏尔泰在《路易十四的时代》的伟人中寻找榜样，而圣伯夫，在他的波尔－罗雅尔"那些家伙"身上寻找的恰恰是相反的东西，他在自己身上复活了蒙田精神，寻找的是一种历史的托词、一种欣赏某些生命和灵魂的乐趣，这些生命和灵魂，人人都同他一样争先恐后地仿效，它们对超然的批评家来说，对追求理解的人来说，完完全全变成一种形象。在同一篇文章中，圣伯夫又说："是否评注家的时代在法国已经开始？是否从此我们要进行一番当成头等大事的总结？对这种猜测，我试图加以否认，然而我做不到。是的，我有时担心，大师（指库赞）会以他华丽的文风把巴特农神庙的圆柱当成拜占庭风格的门面装饰。"有这种倾向。幸运的是，多亏有了圣伯夫，批评较好地完成了这一任务，而库赞以财产管理委员身份进入的建筑使巴特农神庙、博叙埃的圆顶法兰西学院、18世纪的伏尔泰的天主殿堂、夏多布里昂的坍塌而华丽的哥特建筑和圣伯夫本人的讲坛得以和谐，我们从这座建筑里看到了被保护得如此美妙的整体的远景。

这座古典主义建筑，任何一个置身其中和成为它的组成部分的伟大作家，显然在18世纪未曾想过它，人们可以称它为法兰西批评的伟大工程。一个真正的批评家很愿意像一个议事司铎一样,生活在这座教堂的庇护之下,在唱诗班里占据一个位置,庆祝圣徒的节日(这正是所以要举行百年纪念的理由)。但是一个不对批评界和批评界的偶像进行批评的批评家,只是半个批评家。这个古典主义链条使很多人难以接受。也许会有一天,人们会看到它既无用又神秘,像莫斯吉埃山脉①及其星辰一样,我们所说的不是古代破坏圣像的人,也不是1793年的破坏者。请看朱尔·勒麦特尔,他抱怨"在大多数古典主义作品面前没有丝毫的自由,不能按它们的本来面目来看待它们或者获得一个直接和一目了然的印象,因此我对我最正统地和最长久地欣赏的东西产生了怀疑:因为我无法知道,这些东西究竟是我从老师那里学来的还是我本能感到的,是传统强加于我的还是来自我的内心"。这话有些幼稚。传统和本能所表达的是明确的思想,但并不是心理状态。任何人也不能在自身孤立和在纯粹状态上了解来自传统或本身的东西:生活不仅两者都需要,而且需要两者混合而无法区分。只是建立某些观念的批评家制造成一个链条,勾画出一条道路,用古典主义的传统观念开辟新的途径。19世纪的法国职业批评这一伟大流派就是用这种观念滋养自己的

---

① 一处史前遗迹。

生命，而勒麦特尔的不安，乃是那种对自己的信仰持怀疑态度的神学院学生的不安。传统主义者的信仰毕竟又回到了一时改作他用的教堂，即《同时代的人》的作者的头脑里。我用两页把批评和教堂进行了对比，人们似乎不理解，我何以要费这么大的力气。但例子是从上面来的。布伦蒂埃让我们看到，有意识和有系统的批评就存在于博叙埃身上并且与他共呼吸。

从维吉尔到拉辛，一切都有了改变，他们之间仅存的相似或相同之处，就是人类最基本的天性，它应该让我们认识到我们的感情中所具有的普遍的和特殊的东西；每当我们的成果（权且当成我们自己的成果），和它发生矛盾或对立的时候，它如同一种权威，指责我们任性和古怪。嫉妒批评并和它争夺利用传统的权利，就等于拒绝给它生存的权利。

你们在布伦蒂埃的这些话中是否听到了主教权杖的敲打声和《警告新教教徒》的脚步声？

古典主义的传统概念，同《上帝之城》相似的大师之城的概念，《荷马颂》的概念，只不过是批评为了看得明白、思想符合逻辑和说话令人信服而创造的系列之一，最重要的系列。当我想得到19世纪文学有机而简单的表现时，我看到了什么呢？我看到的是一些系列，一些我把作家进行归类的传统，其中有继续18世纪传统的作家和观念学者的系列、浪漫主义作家系列、巴尔扎克之后的小说家系列。这些系列，一旦被我想到，我便或多或少地打乱了它们原来的顺序；我看到的是18世纪系列和浪漫主义作家系列在泰纳和福楼拜身上相互交叉。当我想更贴近的时候，我便把我的直线改变为蛇形线；当我想对思想进行整理和排列的时候，我就把蛇形线改为直线。这就是工作。如果我不能创造这些系列，我就无法进行任何卓越的工作，如果我成为这些系列的奴隶，被它们牵着鼻子走，我便无法进行任何有效的工作。

例如，尼扎尔和布伦蒂埃非常重视法兰西文学中的典雅系列。布伦蒂埃认为在法国存在着"两种传统，它们相互争斗，只有在非常伟大的作家身上才能取得和解。在他们之上，有些人粗俗，有些人典雅"。法兰西精神既是前者也是后者的气质。这种有些矫揉造作的系列，从总体上来说并非无用。它对我们这一时代颇有好处，这一时代从马拉美到吉罗杜①先生，乃是典雅的复活或者说改观的见证。

我们这一代人经历了一个著名的链条，它有时发出论战的

---

① 吉罗杜（Jean Giraudoux，1882–1944年）：法国作家。

声音和刀剑的格斗声。这是从卢梭开始的浪漫主义的19世纪链条。塞耶[①]先生在他的许多作品中描绘了卢梭以后的时代。由南方作家组成的民族主义的批评锤炼这个恶魔的链条，并且巧妙地把它弄得响声震耳。"日内瓦人"成了恶的根源，成了文学堕落的起点，政治灾难、浪漫主义和民主的灾难的起点，如同波尔-塔拉斯贡事件后的那个"卑鄙的比利时人"[②]一样。一条反浪漫主义的链条试图与古典主义链条并存。把让-雅克打入地狱同《荷马颂》相呼应。我不做任何争论，我只想指出，这些系列的制造，这些文学链条的建立，始终是——特别是在我国（在别处也同样）——批评的有机习惯的组成部分。

* * *

链条组成，在时间中获得发展。为了同时调动它们，必须求助于绘画手段，求助于安格尔的画或圣伯夫所做的高论。但是批评也使同代的集团抽象化，使之成立并且理想化，这些同代的集团就是各个同时代的人。

在批评的日常用语中，没有比"一代人"这个字眼和观念更为普通的了，不仅在职业批评中而且在自发批评中也是

[①] 塞耶（Ernest Seillière，1866—1955年）：法国伦理学家和社会学家。
[②] 指法国画家安格尔，《荷马颂》即是他的名作。

如此。没有一年，人们不在报纸上进行关于"新一代"的假期调查。一位部长说：国家……。一位议员说：我的政党……。一位年轻作家则会说：我这一代……。这显然符合某种现实。一代人之间有许多共同点，一般说来，他们对上一代人持对立态度，如果上一代是建制的一代，下一代则是批评的一代；上一代如果是批评的一代，下一代则是建制的一代。然而这也只是从大体上和常规上来说的正确，没有再比界定一代人的含义更困难的了。对这一点，只要带着批评的眼光读读芒特雷先生的《社会各代人》就知道了。一代人没有一个明确的开始和结束，他们属于一种连续不断的运动。想象连续不断，就是要用为了我们自身的方便而存在于我们身上的刻度而不是用存在于这种连续不断上的刻度把它进行分割。文学的各代人是由批评想象而成，批评的职责就在于建设理想的、有思想的、易于掌握的现实。然而假如这些想象不是在某种程度上以现实为基础的话，批评便会劳而无功。连续不断和断断续续并不完全矛盾。我永远无法确定下雨和好天气是从哪里开始的，可是我知道当里昂下雨的时候，阿维尼翁天气晴朗。无时无刻不在消长的各代人之间的替代和联系，并不能妨碍第二帝国时期的思想方法，通过某些能够表现出来，同时也是真实存在的总体特征，大体上区别于1900年的思想方法。这些连接着两个半个世纪的不同的暗沟导致一年与另一年之间的细小的、微妙的和难以觉察的不同。人们看到一个孩子长大了，但是他们没法看到他是怎样长大的。批评和心理学毕竟可以试图看看一代人的成长。时间很短，犹如停战以后这段时间一样，但它却可以使我们标出一些曲线和记录一场演变。

生动地表现一代法兰西人，像艺术家一样，使这一代人从时间持续的长河中游离出来，这是职业批评美好和富有成果的愿望之一。古典主义批评仿佛没有严肃地利用这种一代人的概念，即使是在古今之争之后。第一个强烈地感到自己与另一代不同并意识到自己是一代人的一代，乃是1830年的浪漫主义的一代。《一个世纪儿的忏悔》①的开头几页的确让我们听到了未曾听到过的声音。圣伯夫的批评由于加入了一代人的概念而变得丰富起来，这个概念帮助他就17和18世纪做了出色的工作。更值得一提的是，它使《波尔－罗雅尔修道院史》得以问世。

《波尔－罗雅尔修道院史》这部杰作，这个法兰西批评的中部高原，不是一幅古典主义一代人的画像，又能是什么呢？这是信仰基督教的一代，圣伯夫使之很好地集中在宗教改革之后法国基督徒所能有的正常反应周围。《波尔－罗雅尔修道院

---

① 缪塞1836年的作品。

史》成为批评建设的典型，这一建设在现实中开始，但却没有在现实中完成，是批评家巧妙的才能使之脱离了现实。与蒙田的充满肉感的印象派表达方式相反，帕斯卡尔的一代重新提出了对建设和组织的要求。在圣伯夫的书里，是蒙田的精神本身加入了这一建设。有关蒙田的一章并非无用而设。《与德萨西先生的谈话》和《波尔－罗雅尔修道院史》也同样把蒙田应用于建设，一个是用于批评建设，一个是用于道德建设。

塞耶先生在他的卷帙浩繁的著作中，以一种有趣的方式运用了这个一代人的概念，他在书里研究了他称之为卢梭的五代人的特征，但是却无力说明我们这一代是否是反卢梭的第一代人。布尔热先生的《当代心理学论》就围绕着一代人的概念建设起来的批评给我们提供了一个很好的例证。布尔热先生试图对他那一代人自有生命起从上一辈人手里接受的遗产做一番总结。《当代心理学论》标志着批评一个重要的日子，它给我们留下了进行总结的习惯，人们通过总结，证明他们对一代人的作者有所影响，并同时告诉这些作者，这种影响到此为止。这是一种有用的然而却是用人力完成的建设。我本人也曾开始一种类似的工作，我因而感到，我的刻度是何等地不适用于一种持续不断的运动，一代人的形态各异的生命是何等远离人们企图用来限制它的面孔，是何等远离人们无论如何要把它固定住的框式。

* * *

批评建立了理念、体裁、系列和各代人,是否可以说它也建立了区域呢?这种反常看来也许很特殊。哪一种现实能比作家的故乡、他们的民族之根和地区之根更为具体、更为可感和更先于批评呢?我们能说是批评建造了法兰西文学的法兰西和日耳曼文学的德意志,如同建造一座抽象的建筑和一座"思想的宫殿"吗?

能,这与能说批评建造了体裁、链条和各代人几乎一样。把一位作家的禀性和他的诞生地的特点联系在一起,显示一个文学区域的面貌,今天成为批评一种自发的态度。事实上,这种态度很晚才来到批评界,它带来的始终是一种有些人为和随意的建设精神。

古典主义批评从来没有想过,一位作者的诞生地会被用来做这位作者的注解。二百年之中,作家们自己也仿佛对他们属于一个特定地区而毫无所知。龙萨和迪·贝雷[①]可以自豪地说他们是旺多姆人和昂热人,然而要想找到一个人,带着愉快和爱情说他来自某一地区,使他的文笔带上家乡山山水水的特点,像拉辛按着女演员的面庞和身段来变化自己的诗

[①] 迪·贝雷(Joachim Du Bellay,1522-1560 年):法国诗人。

句一样，则要等到让-雅克·卢梭这位日内瓦的公民了。为了使卢梭特有的感情变为一种共有的强大的感情，变为一条流淌在法兰西和欧罗巴的长河，应该等浪漫主义出现，法国的浪漫主义，同时还有德国的浪漫主义。伟大的作品，伟大的先人，乃是米什莱1833年的《法兰西图画》。于是拉马丁便源源不断地一件又一件地变换着他那马孔人华丽的衣衫，而雨果，这个军官之子，只有拿破仑大军的军车才是他的摇篮，不仅成为巴黎伟大运动的诗人，而且凭着他的《巴黎圣母院》成为巴黎的小说家（他的《悲惨世界》只不过是从《巴黎的秘密》中收回属于他的财富罢了）。而批评对文学亦步亦趋。在斯达尔夫人和西斯蒙蒂①及邦斯德登②周围已经形成了这种两个现代民族的观念：一个是北部民族，一个是南部民族，二者不能互相替代。因此在批评中产生了帕斯卡尔式的伟大的反命题。但在米什莱之后出现了泰纳，他把地理和人种的结构带到批评中来，他想解释他感觉之外的东西，想解释他解释之外的东西；他那些雄辩的概括和别致的描绘远比圣伯夫的分析陈旧得多。然而关于地域和根源的概念和感情留下了，后来又永久地并入了批评。巴莱士如果在当地

---

① 西斯蒙蒂（Jean Charles Léonard de Sismondi, 1773-1842年）：瑞士历史学家、经济学家。
② 邦斯德登（Charles Victor de Bonstetten, 1745-1832年）：瑞士作家。

图书馆里读到过拉封丹寓言关于香槟地区的描写，大概也想做一个劳朗①，虽然他没有后者的精确的风格和恒心。

法兰西批评的整个面貌因此被改变。现在，人们可以用批评自米什莱和泰纳起试图强加于它所解释的著作的这种地理形式来设想批评本身。例如有一种南方的批评，它采取民族主义形式对它指责有德语表达方式或浪漫主义倾向的文学成员宣战，我们或许可以称后者为北方派。

南方派的这种民族主义的批评有一种世界主义传统的批评作为对应点和平衡力量，我们可以称后者为日内瓦的批评，它产生于斯达尔夫人的沙龙。莱蒙湖孕育了两种批评意见。先一种看法认为法德之间有一座桥梁，在它下面将流过19世纪的文学精华，这是德意志的传统，阿米艾尔和谢雷②的传统。后一种看法认为法国文学有一种道德形式，有表现为说教文学的一个方面，这是维内③和谢雷的观点。这两种观点对法国的职业批评影响甚大。从后一种观点中产生了圣伯夫的《波尔-罗雅尔修道院史》，并且维内的作用并没有在圣伯夫身上停滞不前，它对布伦蒂埃的影响也是巨大的。从前一种观点中产生了今天批评所面临的问题：法兰西还是欧罗巴？是法兰西细腻的

---

① 劳朗（Claude Lorrain, 1600-1682 年）：法国画家，生于香槟地区。
② 谢雷（Edmond Schérer, 1815-1889 年）：法国文学批评家兼记者。
③ 维内（Alexandre Vinet, 1797-1847 年）：瑞士文学批评家。

批评，还是欧罗巴的信息和对比批评？布伦蒂埃在1885年写道："当我们破除对外国文学的迷信的时候，当我们重新回到对我们的民族传统丢弃已久的崇拜的时候，我们会得到许多好处。"但是七年以后，即1892年，他又说："从欧洲的一端到另一端，某种交易，或者说某种思想的交换，已经进行八个或十个世纪了，应该是最终意识到这一点的时候了，在意识到这一点的同时，应该把单个文学的历史从属于欧洲文学的整体历史。"他的观点以后还要变，他对国外的无知总之还会使他回到最初的立场上去。但是地域的、民族的和国际的问题出现在批评问题上，犹如出现在政治问题上一样。驾驭批评的不仅仅是它的政治关系，更重要的是它受着自己所遵循的道路、它的内部演变、它的观念生产和建设需要的引导。

* * *

批评的全部建设活动，它的全部建筑能力仿佛都建立在这四个观念之上，我本来可以把它们做一下区分，像康德的四个二律背反一样，区分为静止的观念，即体裁和区域观念，运动的观念，即传统和一代人的观念。但是这种繁琐哲学已经够多的了。简单地说，有两种方法可以使观念集中，使之成为一个结构紧密的、有生命的、活跃的机体：一种是逻辑的方法，一种是编年的方法。

古典主义批评喜欢前一种方法，可是这种方法并没有使它走多远，它在拉阿尔普之前并没有产生一部整体著作，没有产生附加于伟大的文学的"推论"。19世纪的批评通常使用的是第二种方法，它被历史精神赋予一种活力，意识到它的领域和现实乃是将在时间上持续下去的东西。甚至连尼扎尔的《法兰西文学史》也是围绕着时间概念，即围绕着法兰西精神的组成、表现和发展而写出来的。圣伯夫的《波尔－罗雅尔修道院史》把从伟大世纪中期所截取的某一段有代表性的法国历史时期加以孤立、跟踪和发挥。泰纳和布伦蒂埃则把这种时间的延续组织为有训导意味的雄辩的图画。醉心于某一作家的批评，像画家构思一幅肖像画一样地建设这位作家形象的批评，要想进行有效的工作，只有把自己置身于作家的时间经历之中，跟踪他自己对自己循序渐进的创造，并用一条线索把他所完成的不同的形象与他的生活、作品、影响和作用的不同时期联系在一起。批评只有努力同一种创造运动的延续过程相吻合才能真正进行建设。

但是这种吻合带有虚构的成分，这种建设包含着某种虚构。真正的批评与人、作品、世纪和文学的创造运动相吻合，是的，但它也在其中应用了它自身的创造运动的力量和独创性。当它完成它为数不多的杰作之一的时候，它在文学现实面前的表现，就如同小说家在道德和社会现实面前的表现一样。诚然，它以人为研究对象，但这些人是被视为一种属性来对待的，批评加之于人，如同人加之于自然——homo additus naturoe，criticus additus litteris。在批评中，没有任何东西比建设更能感到自满自足了。建设者，如果他缺乏趣味，只不过是一个泥水匠罢了；有趣味的人，如果他不懂建设，则只不过是一位票友罢了。有趣味而又懂得建设的人，才能无愧于建筑师的称号。只是那种为了完成作品而加于建筑师的趣味的东西不能从"建设"这个字眼中得到完全的解释。如果一位伟大的建筑师的趣味是有助于建设的，那么他的建筑便是创造性的，批评也和其他文学体裁一样，只是因为它有创造因素，所以才得以成长和存在下去。

批评中的创造

普遍的看法是,在作家之中,艺术家是创造者,而批评家不创造任何东西,他的职责在于观看、判断特别是赞扬他人的创造。另一方面,所能给予一位大批评家的最高赞誉是说批评在他手中真正成为一种创造。这种创造是什么呢?

我们或许可以说是一种建筑物。然而有各式各样的建筑师。一位建筑师可以"建设"一座外观漂亮的房子,而米开朗基罗则"创造"了圣彼得大教堂的穹顶。建设包括先存材料的使用、一个计划的实施、力学的应用等等,创造则意味着参与自然本身的力量,意味着通过与自己的才能类似的才能,制造出和自己一样的有生命的存在。关于文学体裁、链条、一代人和区域的概念,在我们看来,更近于抽象的建筑、雄辩的大厦,而不是对存在的真正的创造。况且,在建设和创造之间并不存在明显的分界,一个伟大的批评家和一个平庸的批评家之间的区别在于,前者能够给这些重要的概念以生命,能够用呼吸托起它们,并时而通过雄辩,时而通过精神,时而通过风格,给它们注入一种活力,而对后者来说,这些概念始终是没有生气的技术概念,总之,不过是概念而已。哪里有风格、独创性、强烈而富于感染力的真诚,哪里就有创造。这种创造因素,当它不仅存在(在任何具有独立精神、并非当日即逝的批评中都多少存在这种创造因素),并且当它变得突出、令人无法回避和占据优势地位的时候,会给我们什么呢?

* * *

创造不是模仿,创造就是创新。如果我们发现或承认批评领域中的某种创造,那么这种创造就应该是批评所固有的创造,批评应该在这种创造中意识到自己是一种具有独创性的顽强的创造力量。但从此却对批评产生了一种模仿他人的"创造"的危险。下面就是一个例子:

人们知道泰纳把同时也是他的批评首要组成部分的首要才能用到了什么地方;人们也知道,这一理论现在是何等的无用,没有任何人愿意冒险一试。但泰纳却很愿意把它看成是把自然主义作家们的方法应用于批评的一种方式,不过这种联系大概是在事后,即他的批评已经形成之后做出的。前后的演变关系无疑是另外一种样子。泰纳希望,为了对艺术品做出解释,批评应该使用艺术家创造这些艺术品时的办法。他认为批评创造可以模仿审美创造。他错了。

艺术的最重要部分,无论是戏剧还是小说,特别是在法国,在于描绘性格。高乃依、拉辛、莫里哀、斯汤达和巴尔扎克,描绘了人的某些性格。是的。另一方面,17世纪的风俗批评,我指的是道德作家们的工作,占有同19世纪的书籍批评相类似的位置。拉罗什富科[1]、帕斯卡尔,都是分析家。分析家们的工作与剧作家们的工作完全不同,甚至相反。剧作家们只是临时应用一下分析,服务于他们的主要行动,即创造一些有感情的、活生生的、富有概括意义的人。历史上也曾经有过这样的时期,风俗批评,即道德作家们,也想在自己的阵地上进行一种创造的努力、概括的努力,也想创作一些"性格"。这是拉布吕耶尔的所为,我们并且知道他的著作的题目:《性格论或本世纪的风俗》。"性格"这一说法取自泰奥弗拉斯托斯[2]的作品,这个法文字所包含的所有含义都可以从这个希腊字中找到,并且泰奥弗拉斯托斯的作品与新出现的喜剧之间的关系,同拉布吕耶尔的著作与他的时代的

---

[1] 拉罗什富科(François de La Rochefoucauld,1613-1680年):法国作家,主要作品有《箴言录》。

[2] 泰奥弗拉斯托斯(Théophraste,公元前372-前287年):古希腊哲学家。

戏剧之间的关系类似。这是一种道德家的批评，它从戏剧中获得灵感，同时又想取代戏剧，甚至驾驭戏剧。批评家说："我也一样能描绘性格，我也是艺术家，你们看吧！"那就让我们来看看吧。拉布吕耶尔笔下的性格真实吗？真实。它们有生命吗？没有。你们从来没有碰到过这些性格，拉布吕耶尔本人也没有碰到过。他碰到的只是人，他从这些人中提取某些东西，组成了这些性格。他提取的是什么呢？是能够让他在一种类型身上看清和意识到一种唯一的能力而不是首要能力。但是唯一能力，这是道德家和批评家的一种抽象，它在任何人身上也不曾存在过。莫里哀精于此道，他从来没有创造过一个只有一种首要能力的重要人物，他笔下的重要人物都有两种能力，被置于同等地位，这两种能力，恰好因为它们可能包含两种不同水平上的逻辑，所以互相捉弄、相互对立，一方是戏剧，一方是人生。在阿尔诺夫身上体现了什么？一个专横跋扈的人被一个多情男子所坏。阿奈丝呢？一个懂得爱情的幼稚女人。阿尔塞斯特呢？一个愤世嫉俗的人被一个好色之徒拉进了陷阱。塞莉曼娜呢？一个头脑机敏的女人却败在一个风流尤物的手下。答丢夫[1]呢？一个骗局的制造者，却让一个色鬼揭去了假面具。在《奥奴佛尔》[2]中对答

---

[1] 以上这几个人物，均是莫里哀喜剧中的人物。
[2] 拉布吕耶尔仿效答丢夫所写的一个人物，但又与后者不尽相同。

丢夫的批评是一种什么样的批评呢？这是一个批评家，即一个像炼金术士那样千方百计提取精华的人，一个寻求唯一能力、首要能力和抽象能力的人的习以为常的批评，他指责莫里哀利用的是复合能力、敌对能力和具体能力，即没有为批评提供有价值的东西。斯汤达因为把于连塑造成一个既雄心勃勃又内心充满仇恨的人，法盖便指责斯汤达没有让于连在实现野心的道路上走到底，却让我们看到他渴望复仇而身败名裂，就像答丢夫为肉欲所惑而身败名裂令拉布吕耶尔大为愤慨一样。

因此首要的或唯一的能力更多地属于批评家所通常具有的抽象与概括的素质，而不属于艺术家所通常具有的观察和创造的素质。泰纳因为他所受到的逻辑学教育和巴尔扎克的影响，产生了他的理论。巴尔扎克与斯汤达和福楼拜相反，他创作的人物都被一种唯一的欲望所主宰，如同拉布吕耶尔笔下的性格一样，无暇旁顾地生活在一种唯一的、活跃的和强有力的格局里。这位现实主义作家笔下的理想化和建设超过任何人。法盖因此不无道理地认为，忠实的巴尔扎克的信徒泰纳身上的"首要能力"也许正源于此。

但是巴尔扎克的偏见得以成功的地方，批评家的偏见却遭到了失败。无论是真实还是真实性，对小说家来说都不是必不可少的，必不可少的是保罗·布尔热所说的可信性。巴尔扎克让我们相信葛朗台和于洛，这就够了。他们是他所希望和所能制造的人。但是一个批评家要可信性没用，只有真实对他才是重要的。批评家心目中的拿破仑是莎士比亚、拜伦、圣-西蒙、泰纳，假如他们不曾存在的话，他们会受到我们更为倾心的崇拜。对我们来说，爱玛·包法利同她的原型德拉马尔夫人是否相像，一点儿也不重要。但是批评家的描述是否尽可能与现实中的人和作品相像，却是我们非常关心的。我们认为首要能力对现实中的人和作品进行艺术简化纯属徒劳无益，这样做是错误的。有很多人，他们性格中起主导作用的官能受到生活环境或他们本身意志的压抑，很少或者根本没有表现在他们的行动中、他们的作品中，以及像弗洛伊德所指出的那样，他们的意识中。这一点，对艺术家尤甚。请看出现在泰纳身上的有趣的抑制现象。他身上没有任何能力能超过他的抽象能力的力量。他使用了这种能力，但是他有自知之明，这促使他认为他的这种能力是一种低于艺术创造的能力，而后者，他却不具备。他不甘心地进行挣扎，他希望自己能有一种气质。人们甚至颇有道理地说，他希望并且有了一种风格。他在比利牛斯山的旅行给了他感觉和实物的食粮（也许是感觉的观念和实物的观念的食粮）。于是作为他的首要能力的抽象，成为他的敌对观念。他以观念学者可以理解的狂热，把抽象作为同法兰西对立的观念，作为法国巨变和不幸的根源。这位古典主义作家拼命压抑他身上的古典主义，如同最富有浪漫主义气质的人努力压抑他们的浪漫主义一样，与此同时，他们对它进行一番浪漫主义的描绘，正如泰纳对他的古典主义进行古典主义的描绘一样。我们不要再往远走了。我们应该记住我们这里是一个复杂的领域，生活不能归结为一些简单的概念、某些单一的方向，正如脑子里的褶皱不能用直线和角来代替一样。我们不要混淆建设和创造。我们应该警惕首要观念、首要能力以及生活中的逻辑和思想的所有代用品。如同在《吕伊·布拉斯》[①]里，某些内心的需要使艺术家不得不经常让主人穿上仆人的衣服、让仆人穿上主人的衣服。批评接受这种变化，把它视为确实存在，然后再加上其他的起简化作用的变化。所有这一切都是建设必需的。但是，一种想与一种创造冲动相吻合并且本身也想成为一种创造冲动的批评，应该走得更远些。

* * *

我们刚才在泰纳身上发现的东西或许可以把我们置于这样一条道路上，创造的潮流或多或少沿着它滚滚向前。我把泰纳看作一个富于智慧的人、一个优秀的作家，他有天才的

---

① 维克多·雨果的作品。

成分。但是真正理解泰纳的天才或者任何一位艺术家或思想家的天才，并不是要像泰纳那样，把艺术家或思想家关进观念的格子里，用一种观念来推断他，或者依照一种观念来构造他，而是应该把他置于先于批评观念的潮流中，这一潮流将在中途沉淀出这些观念，作为它的最初成果。一位艺术家的作品对他本人来说，有时是一种自我解放的方式，有时是一种自相矛盾的方式，有时是与自己进行战斗的方式，有时又是自我欺骗的方式。拉布吕耶尔曾这样说过：应该区分一个人所具有的性格、他想具有的性格、人们认为他所具有的性格，以及他想让人们认为他所具有的性格（他只说了前面三个，第四个是我加上去的）。我们之中的每个人都在自己身上进行着这种试验。我们借助于心理分析，借助于精神分析（弗洛伊德的精神分析只是一部分或者只是开始），我们可以在关系到我们或别人的时候设法应付那种镜子游戏。但是我们应该承认，这种游戏，这些镜子，在我们身上还是比较简单的，如果我们把它们与表现在一个复杂、深刻、痛苦的天才人物身上的同一东西做一个比较的话。所谓天才人物就是没有从社会中得到答案、得到指令甚至问题的人，所有这一切，他将在自己的熔炉里、在自己的内部子宫里，以一种独特的方式加以孕育。

然而正是这种复杂性，批评想归结为几个简单的概念或分散为某些琐事。它走的是一条最容易和最合情合理的道路。琐事和轶事，艺术家把它们留在身后，人们可以一目了然，随手可用，只要一弯腰就可以捡到。至于一般观念，他也同样提供了雏形和设计图，即当他通过他的生活、他的作品、他的影响表现他本人的外在面貌的时候。奥古斯特·孔德，在主体存在的名义下，视这种表现为人身上最优秀的东西和人的目的。他留下了一份遗产、一种外貌，由于我们享用了他的遗产，所以我们根据这种外貌进行推论，根据这种外貌进行建设。瓦莱里在他的《达芬奇方法引论》中表明了这一点。这篇著作和《论莎士比亚》是纯粹创造性批评的杰作。"没有任何人能和他外在表现的整体完全相同，我们之中有谁没有说过或没有做过与他自己完全不相符的事情呢？有时是模仿，有时是口误，或者是出于偶然，或者只是由于长期以来对自己厌倦，这些都可以一时改变我们的本来面目。人们在一次晚饭中提到我们，于是这页纸便留给了学问渊博的后世，我们也就在文学中不朽了。"歪曲我们本来面目的不仅是《龚古尔兄弟日记》，我们自己的著作本身就是为了在别人眼里改变我们的本来形象才写的，也留下了一个不属于我们的我们的形象。Hoc se quisque modo fugit.[①]

[①] 拉丁文大意为：每个人现在都逃避这个。

这种逃避，难道批评不能发现它的痕迹并对它的运动加以复原吗？谁知道呢？但是这样做肯定得有印第安人的敏锐才行。更为方便的是组成一种抽象的、几何的、明白易懂的运动，犹如芝诺①的运动，或者更恰当地说，犹如他对运动的否定。瓦莱里正是这样做的，当时他声称他将称一个人类天才的传统形象为列奥纳多②。这也正是雨果在《论莎士比亚》中的做法，虽然他没有说。这种解决问题的方式在于结束了作为建设的天才，而不在于和作为创造的天才的吻合。普通的批评以作品完成为前提，瓦莱里和雨果的批评以作品尽善尽美为前提（这正是"欣赏她像一个野人"的含义，人们不理解，却对雨果加以指责）。应该设想还没有完成的著作、需要完成的著作，进入运动着的创造潮流之中，这种潮流先于作品、沉淀出作品，然后超越它而去。

换一种说法，真正的创造的批评，真正与天才的创造一致的批评，在于孕育天才，正如人们说几何通过运动而产生图形一样。但是我在这儿应用的比喻本身说明，这种意图是何等的虚幻，完全非人力所及。形成一个几何图形，就是在这个图形和表现图形的运动中间建立一种同一性的联系，而这种同一性关系之所以实际上存在，只是因为这一图形和这

---

① 芝诺（Zéno d'Élée，约公元前 490–前 436 年）：古希腊哲学家。
② 达芬奇。

一运动并非真实存在。"形成"这个用语在物理和化学中还有它存在的理由,因为这些领域所发生的是物质现象,而物质对于哲学家,犹如空间和运动对于几何学家,归结为一种有用的司空见惯的东西。对什么有用?对生活。但生活并不是一种司空见惯的东西,生活是一种现实,我们就来自这种现实。只要关系到生活,"形成"这个词就有了另外一个意思。它意味着创新,创造一种存在,它有一种难以预料的区别于我们生命的生命。对一个数学家而言,形成一个圆和孕育一个孩子,是两种显然不同的行为。对孕育天才怀有极大愿望的批评,应该同时包含"产生"这个词的两种意义,这种批评在孕育莎士比亚、雨果、达芬奇的同时,与产生他们的创造运动协调一致。它之所以包含第一种意义,因为这是一种精神创造,之所以包含第二种意义,因为这是一种关系到生命的创造,它力图使生命再现。哪一种生命?天才,也就是说,那种最难推断、最难预料和最不合乎一般逻辑的现实。为了孕育天才、天才人物,必须有同等的天才(当"同等"这个词在这里还包含某种模糊的意义的情况下),也就是说,必须有一个能够胜任本身职业而又不想重复别人老路的天才。

这等于说,当我们谈到创造的批评时,谈到可能与我们要做出解释的作品起源本身相一致的批评时,我们面临着一个界限,我们设想了一种无法达到的理论的典范。不过我们不需要达到这种理论的典范。我们只需想着它就可以受到它的磁化、加热和照耀。此外，无论天才的作品是何等的具有独创性，它们也是由人来完成的，也是给人看的。只要这些作品有人情味，我们就会受到它们的感染，并且我们对它们所蕴含的美的感觉与创造它们的感情在性质上并无区别。批评之精华就在于这种感情的交流，这就是为什么才智只能完成批评的一半的缘故，它所表现的只是感受机能，它必须有别的东西才能获得营养和进行创造。马蒙泰尔的这些话说得再好不过了："下面这个原则怎么强调也不为过：只有感情才能判断感情，把感人的东西让精神去做出判断，无异于让耳朵去判断颜色，让眼睛去判断和弦。"因此他拒绝把大批评家的头衔给予布瓦洛，我认为布伦蒂埃大概就是根据这段话和其他类似的话指责马蒙泰尔已经进行了浪漫主义的批评。

正是浪漫主义把这个有生命的火花，把这种创造的欲望和理想带进了批评。浪漫主义让感情的血管里流动着营养更为丰富的血，给批评一种更为清新的空气，即使没能使它对感情更善于做出判断，至少使它更善于承认感情的存在，接替它，或同它一起激动。他把第三维提供给批评，批评因而有了一个形体，可以在其中活动和生活。人们太容易忘记了，法兰西的伟大批评是和浪漫主义一起诞生的，如果说，前者打败了后者，如果说法兰西的伟大批评经常在父亲家里表现出那种长大了的姑娘不应该有的赌气的样子，却也改变不了没有浪漫主义就没有法兰西的伟大批评这个现实。如果没有浪漫主义，圣伯夫也只不过是一个拉阿尔普。批评的内心冲动和法兰西浪漫主义的内心冲动混淆在一起，但这是一种欧洲意义上的浪漫主义：即同所有宗教的、历史的、种族的、美学的形式的感情交流，试图重温它们的原始运动，从中提取的不是传统的、应用方便的外部特征，而是给这些形式以生命的音乐语言。有很多不切实际的幻想，很多被人遗忘的混杂的东西，我知道，还有一些我们今天应该进行修订的错误理论，特别是有我们现在还在经历的运动，一次大潮，它把已经在岸上干涸了的批评重新带向大海，给它一种远足的见识新天地的情趣。

浪漫主义是一种感情交流的运动，批评只有吸取了感情交流的力量才能变为创造性的批评。数学家设想一个圆的时候没有任何感情交流的因素。而一个有生命的物体孕育另一个有生命的物体，却绝对是在和生命、和"自己的感情"交流中完成的。批评中创造的一代显然应该界于一个中间的位置上。批评家所能孕育的只是已经存在的东西，同数学家一样，但是他是通过感情交流来孕育的，这一点又像有生命的物体。创造对他来说，就是感情交流。经验告诉我们，这种感情交流，这种创造，有三种形式：同一个艺术家的感情交流，同一部作品的感情交流，同一种流派的感情交流。从这里产生了创造性批评的三种形式。

* * *

我们今天已经习惯了这种创造性批评的第一种形式，我们甚至已经固定在这种形式之中了。像圣伯夫那样拿出一个星期的时间，像演讲者朱尔·勒麦特尔那样拿出几个月的时间，或者像一个取得教师学衔的人拿出几年的时间安安静静地在一所外省学校里准备他的论文，同作者一同生活，寻找他的足迹，对他进行思考，让他的思想感染自己，同时也使他带上一些自己的思想，不断地在他的阅读、他的所思和他的散步中发现他，这是一种我们已经完全熟悉了的批评方式，然而这种批评方式却历史不长。在17和18世纪，有许多内容丰富的优秀传记作品，例如阿德里安·巴依埃写的《笛卡尔的一生》和萨德神父写的《彼特拉克》，但是这和我们今天所说的批评没有多大关系。这种熟悉、预言和创造的秘密，这种努力复制一位作者正如雕刻工复制一幅美术作品一样的秘密，如果英国文学不是在18世纪就有了《约翰逊博士的一生》这本书的话，我会说它产生于19世纪，特别是产生于圣伯夫。无论怎么说，法国过去的批评，古典主义批评，并不了解这种秘密。它在蒙田身上只是潜在地存在着，并且人们可以设想，假如他要舞文弄墨的话，他会写出什么来。法国的文学若想把这一宏伟的领域归于自己，必须有浪漫主义和历史复兴的双重伟力，必须等到夏多布里昂和米什莱的问世。

还需要有时间的配合，同时需要有道德条件，即爱，尤其是友情。我们不应忘记芒蒂内阿女人的教训：爱，这是美的产品。创造性批评并不满足于欣赏文学的美，它还要在美中有所生产，它产生了柏拉图所说那些优美的演说，这是爱的产品。但是不要用狭意来解释"爱"这个字眼，它经常给批评家以不恰当的启迪。库赞对隆格维尔夫人[1]、对谢弗勒兹夫人[2]、对德·萨布莱夫人[3]的爱情让人窃笑，而不是给人以启示和梦幻。所以批评真正的缪斯是友情，这种友情的背面经常是敌意。圣伯夫对死人所抱的那种友好的感情，是他敌视和仇恨活人的代价。

我们放下代价和背面不提，只来看看友情本身，只看看它在伸向我们的枝条上所结出的美丽的果实。我们应该把友

---

[1] 隆格维尔夫人（Madame de Longueville，1619-1679年）：福隆德运动中的著名人物。
[2] 谢弗勒兹夫人（Madame de Chevreuse，1600-1679年）：福隆德运动中的著名人物。
[3] 德·萨布莱夫人（Madame de Sablé，1598-1678年）：法国女作家。

情提高到它在巴莱士的《法兰西友情》题目里所能获得的全部含义上来认识，正是通过这种友情，一个家庭和一个民族才能得以继续。文学友情也是如此。哪里有友情，哪里就有创造。人们可以看到一种自发的文学友情，一种没有见诸文字的自发的创造性批评，其实这只不过是影响而已。所有那些让人想到蒙田、笛卡尔、帕斯卡尔、卢梭、圣伯夫留给几代读者的不朽的和有影响的东西，所有那些在他们死了很久之后还令他们戏剧性地不可磨灭地活在千百人心中的东西，正是这种友情，也正是这种创造。友情和创造变为批评，当它们成为文字和演说，当读者和作者之间的关系表现为对话，当作品说话、人们用它的语言来进行回答的时候。对于在杰作面前的批评，人们可以引用狄奥托马[①]这句话："遍游和欣赏美的大海，从无穷无尽的哲学中将孕育许多漂亮杰出的演说。"正是这些大量的优美的演说，从某种意义上来说，成为衡量文学美的尺度，成为衡量这种美在自然界和人类生活中重要性的尺度。

这种产自于美的产品已经存在于圣伯夫、勒麦特尔和伟大的浪漫主义批评家身上，它主要在于取得无法确定的和永无终止的一连串观点。任何一位批评家都不能完全甚至近似

[①] 即上文提到的芒蒂内阿女人，她是一名女祭司，柏拉图的著作中曾提到她。

地与一位艺术家的整个气质相吻合，但是没有任何一位大艺术家不曾引起不同的观点，这些无穷无尽的彼此不同的看法可能与他本人相吻合，正如一个有无数个边的多边形能和圆叠合一样。于是我们对卢梭、对夏多布里昂、对雨果，有了一定数量的不完全的片面的观点，它们作为批评家和艺术家之间的人差是不精确的，但从某个侧面来看，它们又是精确的，因为批评家之间的人差互相纠正，在每个作品周围维持着苏格拉底式对话的气氛，进行着一种继续创造的黑暗与光明、阳光和阴影、色调和生命的跳动的变幻。

* * *

由批评所进行的艺术家的继续创造，同时从另一个意义上来说，也是由艺术家进行的作品的继续创造，在这种创造中，批评有它自己的作用和固有的工作。一个艺术品可以引起三种方式的产生：它可以被模仿，它可以被滑稽地模仿，它可以在本来意义上被继续下去，后两者大致属于批评之列。

让我们把模仿暂放一旁。正是通过它，一种体裁，一部文学作品，对它们的繁殖力进行肯定，所以康皮斯特隆对拉辛的尊崇，尽管和圣伯夫及勒麦特尔的尊崇如此不同，毕竟还是一种尊崇。和圣伯夫一样，康皮斯特隆也利用拉辛有所创造。不幸的是，他的创造是为了追求与拉辛相似，而批评家的创造是与任何相像不相容的。艺术家模仿自然，模仿者模仿艺术家；批评家所竭力模仿的不是创造了人及万物的自然（像艺术家那样），也不是重新创造自然的艺术家（像模仿者那样），而是创造了艺术家的自然，即在某一特定时刻和某一特定活动中的自然。

因此，批评和模仿既无相似之处也不发生关系，但是它却与这种被称为滑稽模仿的篡改有关系。一个人创作了一个好的滑稽模仿作品，实际上是进行了一次创造性的批评。在16世纪初期，人们还在阅读许多骑士小说，弗朗索瓦一世在马德里就是用《阿马迪斯》[①]解闷。使这些小说在富有情趣的人的眼里失去地位的并不是批评，当时批评还不存在，而是生活方式，同时也是滑稽的模仿，即拉伯雷和塞万提斯式的模仿。欧里庇得斯模仿埃斯库罗斯的那两个场面就是两次从相似角度出发所做的优秀的批评。人们有时可以发现对《伪装的维吉尔》的滑稽模仿颇为别致地表现了原作的弱点。如果要编一部滑稽模仿的选集一定不乏趣味。

一位批评家反对一部作品的最有效的武器就是滑稽模仿。让我们以最优美的悲剧和最优秀的小说为例，你如果用

---

① 西班牙小说。

嘲弄的语调和滑稽的方式来叙述它，你会使这些作品变得滑稽可笑，即使不在这些作品的读者眼里，至少在你的作品的读者眼里是如此。拉辛的戏剧因为受到滑稽的模仿曾使他感到难过，而高乃依却因为拉辛在《爱打官司的人》里滑稽地模仿了《熙德》中的两句诗而气得满脸通红。我记起了法盖用这种口吻对《帕斯卡尔博士》一书所做的令人忍俊不禁的分析（这个分析收在他的《文学絮语》中），它使毫无准备的读者完全丧失了阅读此书的欲望。

　　滑稽的模仿可以称之为建设性的批评，因为它完成或者说能够完成一个真实的艺术品，可以独立存在的艺术品；它之所以可以称之为批评，因为它是针对一部作品或一位作家而写的，它揭示这部作品或这位作家的弱点，暴露隐藏于其中的无意识的可笑之处。但是，从另一方面来说，破坏性批评的字眼也同样合适，因为滑稽地模仿一部作品，从一个侧面来说，就是要摧毁它。所以我们还是不用这两种说法为好。滑稽的模仿不是本来意义上的批评，但是它的面部特征表现了它与批评是近亲。

* * *

　　模仿是一种品格渐低的创造的继续，滑稽的模仿是一种走回头路的创造的继续。我们能够设想有一种可以被称为创造的卓越的批评吗？这种批评在创造继续的同时又不断地进行越来越紧张的创造，也就是说，它超越了它所依靠和解释的作品，正如哲学家们所说的那样，它完美地包容了作品，又不无骄傲地回答了作家和读者习惯上的挑战：你来试试看！可以设想这样的批评吗？为什么不呢？

帕斯卡尔除外，如果人们让今天的人在放弃波尔－罗雅尔修道院那些先生们的所有著作和圣伯夫的《波尔－罗雅尔修道院史》中间进行选择的话，结果是不容怀疑的：除了一小部分学究和冉森派老教徒之外，圣伯夫会赢得所有的选票。在这里，通常的关系被颠倒了：作者不再是橡树，批评也不再是攀援植物了，批评对后世而言成了橡树。当然，这种情况只有当作家是二流的而批评家是一流的时候才会出现。我们还是不要走得太远，因为帕斯卡尔没有被算在内，我们可以考虑一下，如果没有帕斯卡尔，波尔－罗雅尔是否能够有这么大的名声，是否能够引起圣伯夫的注意。

这是一个特殊情况，我们可以这么说，因为类似的情况实际上很少发生。下列条件必不可少：作为作者，必须是一个有足够的天才可以使他成为伟大批评家的人，但同时他又没有足够的天才使他走出他的阅读的世界；作为对象，必须是一个或几个能够在相当程度上提起人们批评兴趣的作家，但是他们不能重要到仅凭其本身就足以使对他们的批评黯然失色。

为了再寻找一个例子（我只看到两个，没有第三个），我们可以追溯到圣伯夫和波尔-罗雅尔之前。完全创造性的批评，它依靠一部本身完美无缺的作品只是为了把它翻过来，用各种办法控制它，使他受孕，离开原来的土壤，把它变为一种天才创造的起点，而这种创造始终属于批评一部分。这种批评在历史上至少完成过一次，这就是柏拉图在《斐德若篇》中所实现的那种批评。

《斐德若篇》是什么？是柏拉图模仿的对李西亚斯的一个演说的文学批评（李西亚斯的演说的真实性引起了很大的争论，由于柏拉图不是让人背诵而是让人念的，所以确定了它的真实性）。这一演说，苏格拉底对它进行了批评之后，对它进行了修改。人们即使不能说苏格拉底的演说胜于李西亚斯的演说，至少可以说前者并不逊于后者。总之，苏格拉底"也同样试了试"。但两个演说同样处于某一层面上。苏格拉底受到了魔鬼的暗示，着手在新的层面上酝酿第三个演说，这是与滑稽的模仿反其道而行之的演说。当滑稽的模仿批评和再现一部作品而使它降低到劣等层面（即传说中左伊罗斯[①]

[①] 左伊罗斯（Zoilus，约公元前 400-前 320 年）：古希腊评论家。

那种善妒批评家的层面）的时候，苏格拉底却把它抬高：一方面，他想到了爱神是神，李西亚斯和他只是从人的观点来进行谈论，他于是过渡到神的层面。另一方面，他从修辞的层面过渡到诡辩的层面，从诡辩的层面过渡到至高无上的哲学神话的层面。

之所以说《斐德若篇》是批评的杰作，那是因为它并非出自一位批评家之手。它的作者是成为一位哲学家却始终是诗人的诗剧作家，一位人类历史上最伟大的天才之一，他有一天偶然以文学批评自娱，就如费讷隆在《致学院的信》中自娱一样。他就从《致学院的信》的领域本身开始，通过一系列的高度，到达的不是费讷隆的神秘主义，而是这样的一种神秘主义：费讷隆渴望纯粹的爱，绕来绕去而没能进入的神秘主义。这里我们又只有一个幸运的例外。像对话体裁在柏拉图之后，悲剧体裁在拉辛之后中止了一样，历史留给我们的只是一串苍白的模仿者，没有任何一部批评作品可与《斐德若篇》平起平坐，能够具有和它同样的创造运动。

* * *

没有任何东西能阻止我们等待、期望和设想一种具有这种运动的强大的哲学的和诗的批评。然而生命的冲动，批评所可能具有的综合力量，总会碰到这样一个障碍：批评精神，即使外表看来是建设者和创造者，也总是与某种正在散落的而不是正在组成的东西相适应。对于圣-西蒙一派人来说，批评的时代是与建制的时代相对立的，批评的天才也总是无法避免地与建制的天才相对立。对圣伯夫来说就是如此；他到后来只好甘心忍受纯粹批评的文学地位，就如同不得不忍受他本人希望和期待的破灭一样。对柏拉图来说也许可能如此，不过必须把他伸向批评的脚拉回到一种哲学家的气质和存在中来（这一点儿都不困难，因为任何哲学变革都是批评的变革，文学批评乃是一种文学的哲学，哲学乃是一种对感性和理性材料的批评）。即使在天才的最高水平上，人们也永远无法使两种差别如此明显和如此对立的行为吻合起来，这两种行为就是创造和理解。各种表现形式的人类精神，从最为卑微到最为高尚的，都是要使两者统一，但从来都不是在平等的基础上，都是要使两者中的一个服务于另一个。批评只有把创造服务于智慧，而不是像艺术家那样把智慧服务于创造，才能得以继续它的存在。

如果我必须指出服务于智慧的创造，即伟大的批评迄今为止所能达到或者说至少已经达到的最高点的话，我要说，这一最高点并不是古典主义批评很久以来所设想的那样，在于创造天才，在于创造一种真谛，这是完全不同的概念。法兰西的批评到了19世纪，即在浪漫主义之后，才获得发展，因为那本给浪漫主义以决定性推动的书，也对这种推动同样给予了批评，这本书的题目不仅为批评标出它的程序，即它能够充填的领域，同时也标出了它的局限，即它无法超出的领域。我指的是《基督教真谛》。

尼采称法国人是世界上最为信奉基督教的民族。他们在法国的宗教改革失败之后，对基督教采取两种完全截然相反的态度：在基督教中进行建设和通过基督教进行建设，这是耶稣会会士和冉森派教徒17世纪的理想，这两类人，一个在精神领域，一个在社会领域，致力于建立一种完整的基督教。另外一种态度是摧毁基督教中的一切，正如18世纪百科全书派和伏尔泰的自由思想所尝试的那样。这两种态度都导致了一种偏见，都同样地把批评排除在外。当一种超然的观点，即理解，取代建设和摧毁这两种有利害关系的理想时，就有了批评。为了能够在宗教里理智地寻求这种理想，宗教不应该过于强大和过于软弱，宗教应该做好准备，处于夏多布里昂发现它的时代，它应该在17世纪的白日和18世纪的黑夜中间完成这种过渡状态、黄昏的状态，即"真谛"这个字眼所表达的状态。基督教的真谛，对夏多布里昂来说，实际上是一种生命冲动，即一个雕塑家可以抓住并用造型艺术和美来表现的那种生命冲动，那种天才的敏感可以爱的、天才的智慧可以理解的而又缺乏真正体验一番的天才的意志的生命冲动。

《基督教真谛》把它的一部分诗歌和历史的气氛给予了浪漫主义，同时也把它的批评气氛，它的广阔的、优美的、敏锐的和充满生命力的批评给予了文学。我说过《波尔-罗雅尔修道院史》是怎样脱胎于《基督教真谛》的，圣伯夫的著作实际上是《波尔-罗雅尔修道院真谛》。但是就这种广义而言，一切文学批评的杰作，甚至中等水平的作品，如果它们与卫道的辩护和偏见无关，都可以接受"真谛"这种称呼。尼扎尔本人就是在夏多布里昂的影子里出现的，他在《墓畔回忆录》的手稿面前感到了在他的通信中所感到的那种钦佩之情。他的以法兰西精神为框架的古典主义文学史，不是也可以称为《古典主义的真谛》吗？布伦蒂埃把这种"真谛"接了过去。泰纳写了《英国文学的真谛》，勒麦特尔写了《拉辛的真谛》。比较一下19世纪和上两个世纪的批评，你们会看到前两个世纪的批评因为缺少了什么而没能创造出一部伟大的作品，它缺少的正是这个真谛的观念或存在。作为一个专门的批评家来提出、作为一个聪明的艺术家来组成（两者都是必不可少的）这样的一种真谛，这样的一种中间状态，这样的一种光辉而有益的若有若无的存在（我这里的话是矛盾的，不过我知道伊克西翁①不是朱庇特），这种虚无缥缈地浮在天地之间的存在，就是这种存在点，一百多年以来，把它的光辉和精华给予了批评。

---

① 希腊神话中的拉庇泰王伊克西翁，被宙斯（即朱庇特）收留，但他却勾引宙斯的妻子赫拉。宙斯用一片乌云冒充赫拉来欺骗他。他与那片乌云生了肯陶洛斯人，就在他自鸣得意的时候，宙斯把他绑在地狱的车轮上，使他永远旋转。

涵芬书坊

第一辑

001　亡灵对话录　　　　　　〔法〕费讷隆 著

周国强 译

002　艺术家画像　　　　　　〔奥〕里尔克 著

张　黎 译

003　莫斯科日记　柏林纪事　〔德〕本雅明 著

潘小松 译

004　哲学讲稿　　　　　　　〔法〕涂尔干 著

渠敬东　杜　月 译

005　河上一周　　　　　　　〔美〕梭　罗 著

陈　凯 译

006　致死的疾病　　　　　　〔丹〕克尔凯郭尔 著

张祥龙　王建军 译

007　致外省人信札　　　　　〔法〕帕斯卡尔 著

晏可佳　姚蓓琴 译

008　爱之路　　　　　　　　〔俄〕屠格涅夫 著

黄伟经 译

009　地狱　神秘日记抄　　　〔瑞典〕斯特林堡 著

潘小松 译

010　花的智慧　　　　　　　〔比〕梅特林克 著

谭立德　周国强 译

第二辑

011	残酷戏剧	〔法〕阿尔托 著
		桂裕芳 译
012	道德小品	〔意〕莱奥帕尔迪 著
		祝本雄等 译
013	古希腊的神话与宗教	〔法〕韦尔南 著
		杜小真 译
014	克尔凯郭尔日记选	〔丹〕罗 德 编
		姚蓓琴 晏可佳 译
015	落叶（全两册）	〔俄〕罗扎诺夫 著
		郑体武 译
016	我与你	〔德〕布 伯 著
		陈维纲 译
017	人性与价值	〔美〕桑塔亚那 著
		陈海明 仲 霞 乐爱国 译
018	暮色集	〔德〕赫尔姆林 著
		张 黎 译
019	夏洛蒂·勃朗特书信	〔英〕夏洛蒂·勃朗特 著
		杨静远 译
020	批评生理学	〔法〕蒂博代 著
		赵 坚 译

图书在版编目（CIP）数据

批评生理学/（法）蒂博代著；赵坚译. — 北京：商务印书馆，2015
（涵芬书坊）
ISBN 978－7－100－11299－4

Ⅰ.①批… Ⅱ.①蒂…②赵… Ⅲ.①文学评论 Ⅳ.①I06

中国版本图书馆 CIP 数据核字（2015）第110300号

所有权利保留。
未经许可，不得以任何方式使用。

批 评 生 理 学

〔法〕阿尔贝·蒂博代 著
赵 坚 译

商 务 印 书 馆 出 版
（北京王府井大街36号 邮政编码100710）
商 务 印 书 馆 发 行
山东临沂新华印刷物流
集团有限责任公司印刷
ISBN 978－7－100－11299－4

2015年9月第1版　　开本889×1194　1/32
2015年9月第1次印刷　印张7½
定价：46.00元